일본어
잡학 사전, 컬러판
日本語
雜學 辭典

일본어 잡학 사전, 컬러판

발 행 | 2022년 05월 20일
저 자 | 재미리
펴낸이 | 한건희
펴낸곳 | 주식회사 부크크
출판사등록 | 2014.07.15.(제2014-16호)
주 소 | 서울특별시 금천구 가산디지털1로 119 SK트윈타워 A동 305호
전 화 | 1670-8316
이메일 | info@bookk.co.kr

ISBN | 979-11-372-8331-2

www.bookk.co.kr
ⓒ 일본어 잡학 사전, 컬러판 2022

일본어
잡학 사전, 컬러판
日本語
雜學 辭典

차례

I. 일본, 일본인을 알고 싶다.

III. 일본 문화 속으로

*일본어는 실제 발음에 가깝게 표기하였고 된소리도 사용하였음.

Ⅰ. 일본, 일본인을 알고 싶다.

001. 벤또 없는 점심시간은 앙꼬 없는 찐빵이다?

♣ 바쁜 일본 사람을 상징하는 것 중 하나가 벤또, 즉 도시락입니다.

학창시절 어머니의 정성이 담긴 도시락을 먹어 본 기억이 있는 사람은 일본에서 보는 벤또-(弁当 べんとう 변당)가 반가울 것입니다. 요즘은 초등학교부터 급식해서 도시락 싸갈 일이 없다고 하니 도시락을 먹던 그 시절이 그립기만 한데요. 일본에서는 학창시절이 아닌 회사원이 되어서도 도시락을 자주 먹습니다. 회사에서 도시락을 먹는 문화가 바쁜 일본 사람들을 상징하는 것이 될 만큼 도시락은 일본에서 보편적이죠. 벤또-의 유래는 남송 시대의 '편리하다, 도시락'이라는 뜻의 삐엔당(便当)이라고 합니다. 삐엔당이란 말이 일본에 들어와서 비엔당(弁当)이 되었는데 삐엔(便)이 발음이 비슷한 비엔(弁)으로 변했죠. 벤또-의 종류는 김이 들어간 노리벤또-(海苔弁当 のりべんとう), 새우가 들어간 에비벤또-(蝦弁当 えびべんとう), 우메보시가 들어간 마쿠노우치벤또-(幕の内弁当 まくのうちべんとう) 등이 있습니다. 또 기차역에서 파는 벤또-를 에끼벤(駅弁 えきべん)이라고 하고 공항에서 파는 벤또를 소라벤(空弁 そらべん)이라고 합니다.

앙꼬(餡子 あんこ) : 빵이나 떡 안에 든 팥소
노리(海苔 のり) : 김 / 에비(蝦 えび) : 새우
벤또-(弁当 べんとう) : 도시락. 또는 오벤또-(おべんとう)라 함.
스시(壽司 すし) : 생선회

002. 쪽발이는 무슨 말?

♣ '쪽발이'라는 말은 왜나막신을 신는 일본 사람을 비하해 부르는 말입니다.

영화 〈장군의 아들〉에서 일본 사람으로 나온 신현준이 왜나막신을 신고 김두한과 대결하는 장면이 나오죠. 또 일본 여자가 폭이 좁은 기모노(着物 きもの)를 입고 왜나막신을 신은 채 '또각또각' 소리를 내며 걸어가는 것도 볼 수 있습니다. '쪽발이'라는 말은 왜나막신의 끈 사이로 엄지발가락과 둘째 발가락이 나누어지는 것으로부터 유래되었습니다. 왜나막신의 정확한 이름은 게다(下馱 げた 하태)로 비가 자주 내리는 일본에서 꽤 유용한 신발이었습니다.

게다

반면에 장마철에만 집중적으로 비가 내리는 한국에서는 짚신이나 가죽신

을 신었지요. 중국도 비가 자주 내리지 않아 나막신을 신는 일이 없었습니다. 재미있는 것은 일본에서 구두 또는 신을 구쯔(靴 くつ 화)라고 부른다는 겁니다. 어때요? 발음이 '구두'를 뜻하는 한국어와 매우 비슷하죠. 참고로 중국어로 신발은 쉬에즈(靴子 화자)라고 합니다. 요즘 가깝고도 먼 나라 일본은 비자 없이도 갈 수 있어 일본 사람을 쪽발이라고 부르는 일은 없어야겠습니다.

나가구쯔(長靴 ながぐつ) : 장화
스니카(sneakers スニカ) : 운동화 또는 운도-구쓰(運動靴 うんどうぐつ)
조-리(草履 ぞうり) : 짚신
하이히-루(High-heel ハイヒ-ル) : 하이힐
기모노(着物 きもの) : 일본 전통 옷을 말하나 대개 여자 옷을 뜻함.
게다(下駄 げた) : 왜나막신

003. 일본은 정말 가라앉고 있다?

♣ 일본은 실제 매년 수 mm씩 가라앉고 있습니다. 하지만 일본열도가 가라앉으려면 수만 년이 걸릴지도 모릅니다.

최근 영화 〈니혼침보쓰(日本沈沒 にほんちんぼつ 일본 침몰)〉에서는 일본이 아시아 대륙판과 태평양 대륙판의 급격한 충돌로 인해 일본열도가 바다로 침몰하는 것을 다루고 있어 화제가 되었습니다. 일본 동쪽 바다에 있는 심해 카잔(火山 かざん 화산)의 폭발이 두 대륙판의 충돌을 가속한다고 합니다. 하지만 현실에서는 가능성이 매우 적은 상황입니다. 실제로 일본은 매년 수 mm씩 가라앉고 있는데 일본열도가 가라앉으려면 수만 년이 걸릴지도 모릅니다. 그사이에 지각판에 어떤 변화가 있을지도 알 수 없는 일이고요. 그 변화(지반침하)가 너무 적어 실생활에서는 전혀 느끼지 못하고 있는 것이지요. 지진이 잦은 일본에서는 일본 침몰 같이 지각변동을 다룬 영화가 낯설지만은 않습니다. 1995년 한신 다이지신((阪神 大地震 はんしん だいじしん 한신 대지진) 때에는 큰 비루(Building ビル 빌딩)가 무너지고 고가도로가 쓰러지는 등 일본 침몰의 전조를 직접 보기도 했으니까요. 정말 멀쩡하던 도로가 쩍 갈라진 풍경을 보면 이러다 일본이 바닷속으로 가라앉는 것은 아닐까 상상하게 됩니다.

쓰나미(津波 つなみ) : 지진이나 해저 함몰로 인해 발생한 해일.
가미나리(雷 かみなり) : 벼락. 번개는 이나즈마(稲妻 いなずま)

004. 일본에서 헬스 한다고 하면 눈총받는다?

♣ 일본에서 패션 헬스라는 뜻은 마사지로 가장한 성적 서비스 업소를 말합니다.

한국에서는 흔히 운동하러 간다고 하면 헬스클럽에 가는 것으로 인식될 만큼 '헤루스(Health ヘルス 헬스)'라는 단어가 보편적으로 쓰입니다. 하지만 일본에서는 헬스라는 단어의 사용을 자제하는 것이 좋은데요. 그 이유는 다양한 성문화가 존재하는 일본에서 횟숀 헤루스(Fashion health ファッション ヘルス 패션 헬스)라는 말이 마사지로 가장한 성적 서비스 업소를 뜻하기 때문입니다. 이런 뜻을 모르고 일본에서 헬스하러 간다고 하면 당연히 눈총을 받겠죠. 그런데 헬스면 헬스지 왜 패션 헬스냐고요. 민망한 뜻의 은어가 된 헬스에 패션(fashion 유행)이라는 그럴싸한 단어를 붙여 느낌을 순화시키려는 것 같습니다. 니혼고(日本語 にほんご 일본어)로 '운동, 운동하다'는 운도-(運動 うんどう)라고 하고 '움직이다'는 우고카스[動(うご)かす]라고 합니다. 비싼 돈 내고 이상한 곳에서 괜한 땀 흘리지 마시고 꼬-엥(公園 こうえん 공원)에서 운동하세요.

운도-카이(運動會 うんどうかい) : 운동회
운도-죠(運動場 うんどうじょう) : 운동장
운도-히(運動費 うんどうひ) : 운동비
니혼고(日本語 にほんご) : 일본어 / 꼬-엥(公園 こうえん) : 공원

005. 일본 사람은 겉 다르고 속 다르다?

♣ 흔히 일본 사람은 겉 다르고 속 다르다고 합니다만, 다른 나라 사람도 어느 정도 겉 다르고 속 다른 것은 마찬가지입니다.

흔히 일본 사람은 속마음, 즉 혼네(本音 ほんね 본음)를 잘 나타내지 않아 깊이 사귀기 힘들다고 합니다. 보통은 겉마음, 즉 다테마에(建て前 だてまえ 건て전)만 보면 친절하고 예의 바르고 상냥하기까지 한 일본 사람이 정작 중요한 순간에는 돌변한다고 이야기를 하기도 하죠. 혼네와 다테마에에 대한 기원은 오랫동안 봉건 영주, 즉 다이묘-(大名 だいみょう 대명)가 지역의 왕 노릇을 했던 일본의 역사와 무관하지 않은데요. 다이묘 밑에 있던 무사인 사무라이(侍 さむらい 시)는 우리가 아는 것처럼 그리 멋있는 사람들은 아니었죠. 사무라이는 다이묘의 뜻에 반하는 사람이나 라이벌 지역의 사람을 무참히 죽이곤 했으니까요. 다이묘는 일종의 공포 정치를 했던 셈인데 백성들은 자연히 불만이 있어도 다이묘 앞에서는 웃는 낯으로 다녀야 했습니다. 여기서 혼네와 다테마에가 시작되었다고 하는데 그리 유쾌한 기원은 아니죠. 일본 사람과 친구가 되고 싶다면 혼네나 다테마에는 생각하지 말고 보고 느낀 그대로 대해 보세요. 그럼 진실한 친구를 얻을 수 있을 거예요.

혼네오 하쿠[本音(ほんね)を はく]。진심을 실토하다.

20

006. 일본 일왕은 백제의 후손이다?

♣ 아키히토 일본 일왕은 백제 무령왕의 후손이 맞습니다.

일본 사람은 옛 레끼시(歷史 れきし 역사) 또는 붕까(文化 ぶんか 문화)를 한국과 연관시키는 것을 무척 싫어합니다. 고대에 외부에서 유입된 웬만한 것은 캉꼬꾸(韓國 かんこく 한국)에서 전래한 것인데 굳이 먼 츄고꾸(中國 ちゅうごく 중국)나, 인도(印度 いんど 인도)에서 왔다고 주장하고 있죠. 어디 역사, 문화뿐이겠어요. 사람도 이런저런 이유로 한반도에서 일본으로 많이 건너갔지요. 이들을 도-라이진(到来人 とうらいじん 도래인)이라 합니다. 그래서 한국 사람은 일본 사람의 피 속에는 한국의 피가 흐르고 있을 거로 생각한 거죠. 물론 대다수의 일본 사람은 그런 것들을 인정하지 않다가 2001년 12월 아키히토(明仁 あきひと 명인) 일왕의 기자회견을 듣고 깜짝 놀랍니다. "나 자신과 관련해 간무(桓武 かんむ 환무) 천왕의 생모가 백제 무령왕의 후손이라고 〈속일본기〉에 적혀있어 한국과의 연(緣)을 느낀다."라고 말한 것이지요. 제50대 간무 천왕의 어머니가 백제 사람이니 자신에게 한국인의 피가 흐른다고 한 것입니다. 2004년 8월에는 아키히토 일왕의 당숙이 공주에 있는 무령왕릉에 참배를 오기도 했으니 일왕이 백제의 후손인 것이 분명해졌습니다.

붕까(文化 ぶんか) : 문화 / 캉꼬꾸(韓國 かんこく) : 한국
츄고꾸(中国 ちゅうごく) : 중국 / 인도(印度 いんど) : 인도

베이꼬꾸(米國 べいこく) : 미국 또는 아메리카(America アメリカ)

에이고꾸(英國 えいこく) : 영국 또는 이기리스(English イギリス)

후란스(France フランス) : 프랑스 / 도이츠(Germany ドイツ) : 독일

고-슈(豪州 ごうしゅう) : 호주 또는 오스또라리아(Australia オーストラ
　　リア) / 스베인(Spain スペイン) : 스페인

☆백제 무령왕이 탄생한 가카라시마

가카라시마, 무령왕 탄생지(굴)

규슈 사가현 가카라시마(加唐島)는 백제 25대 무령왕이 탄생한 곳으로 알려진 곳입니다. 〈일본서기〉에 무령왕의 탄생 비화가 실려 있지요.

'웅략(雄略) 천황 5년에 개로왕(蓋鹵王)은 동생 곤지(昆支)를 일본에 파견한다. 이때 곤지는 개로왕의 임신 중이었던 개로왕의 부인과 동행하게 해 달라고 요청한다. 개로왕은 곤지의 원을 들어 출산이 임박했던 그의 아내를 동행시키면서 출산하면 모자를 함께 귀국시키도록 명한다. 항해 도중에 임신한 개로왕이 부인이 산기를 느끼자 일행은 츠쿠시(筑紫) 가쿠라세마(各羅嶋(島), 가카라시마)에 도착해 아들을 낳게 된다. 이 왕자는 세마키시(嶋王, 섬왕), 즉 사마왕(斯麻王)이라는 이름을 얻게 된다.'

그런데 1971년 공주 무령왕릉 발굴 때 '영동대장군 백제 사마왕(斯麻王)'이란 지석이 출토되어 무령왕이 가카라시마에서 출생한 것이 거의 정설이 되었습니다.

007. 일본 사람은 집 사기를 싫어한다?

♣ 일본 사람은 자기 집을 사기도 하지만 월세로 사는 것도 그리 나쁘게 생각하지 않습니다.

한국에서는 결혼한 부부의 제1 목표가 자기 집, 즉 이에(家 いえ 가)를 마련하는 것인데 일본의 부부는 꼭 그런 것만은 아닙니다. 일본 총무청 2003년 통계를 보면 총가구 수보다 총 주택 수가 664만 호로 집이 남아도는 것을 알 수 있습니다. 또 집의 종류는 아파-또(Apartment house アパート 아파트) 같은 집합건물이 약 40%, 단독주택이 약 56%를 차지하고 있습니다. 이 중 자기 집을 가진 비율은 약 61%

일본 주택

이고 나머지 약 39%는 월세, 즉 야찡(家賃 やちん 가임)을 사는 것으로 나타났습니다. 참고로 일본에는 한국의 전세라는 것이 없습니다. 일본에서 집을 사지 않는 이유는 1990년대 경제버블이 꺼지면서 쥬-따꾸(住宅 じゅうたく 주택) 가격이 폭락했기 때문입니다. 더는 집을 재테크의 수단으로 보지 않는 것이죠. 또 다른 이유로는 자유롭게 살고 싶은 생각과 이웃과의 단절로 집을 사서 이웃과 사귀는 것을 원하지 않기 때문입니다. 또 잦

은 지진으로 대부분 목재로 지어진 집의 붕괴를 우려하는 생각도 있습니다. 이런 이유로 인해 일본의 집값은 하향 안정되었다고 하니 부럽다고 해야 할지 안됐다고 해야 할지.

야찡가 다까이[家賃(やちん)が 高(たか)い]。월세가 비싸다.

- 집과 관련한 단어
쥬-따꾸(住宅 じゅうたく) : 주택
이에(家 いえ) : 집
아파-또(Apartment house アパート) : 아파트
마또(窓 まど) : 창문
다다미(たたみ) : 다다미. 방에 깔린 돗자리 비슷한 깔개.
가라스(Glass ガラス) : 유리창
베란다(Veranda ベランダ) : 발코니, 베란다
인타혼(Interphone インタホン) : 인터폰
겡깡(玄關 げんかん) : 현관
이리꾸찌(入り口 いりぐち) : 입구 / 데꾸찌(出口 でぐち) : 출구
효-사쓰(表札 ひょうさつ) : 문패 / 도아(Door ドア) : 문

- 집 구할 때 필요한 단어
야찡(家賃 やちん) : 월세
시키킹(敷金 しききん) : 보증금, 월세 보증금
레이킹(礼金 れいきん) : 사례금, 집주인에게 주는 사례금(?)
데스우료-(手數料 てすうりょう) : 수수료, 부동산업소에 주는 돈
오오야(大家 おおや) : 집주인

008. 일본은 작은 섬나라다?

♣ 일본은 작은 섬나라가 아니고 독일이나 이탈리아보다 큰 나라입니다.

한국의 고꾸도(國土 こくど 국토) 넓이는 얼마나 될까요? 남한의 국토 넓이는 9만 9538㎢이고 북한이 12만 2762㎢이니 합치면 22만 2300㎢가 됩니다. 세계에서 제일 큰 나라인 러시아는 1,707만 5400㎢나 되니 남북한의 약 77배가 됩니다. 러시아 다음으로는 캐나다(998만 4670㎢), 중국(957만 2900㎢), 미국(951만 8323㎢), 브라질(851만 4047㎢), 인도(316만 6414㎢), 아르헨티나(278만 92㎢), 멕시코(196만 4375㎢) 등과 같은 나라가 있습니다. 일본의 국토 넓이는 37만 7873㎢로 남한의 약 3.8배에 달하고 독일(35만 7021㎢)이나 영국(24만 4101㎢), 이탈리아(30만 1277㎢)보다 큰 나라이지요. 더구나 일본 국토는 동서로 약 2,800km에 달하고 징꼬-(人口 じんこう 인구)는 약 1억 2천만 명이 넘습니다. 서울에서 부산 가는데 약 450km이니 일본이 길긴 길지요. 일본의 인구는 한국이 약4,800만 명이니 2배가 넘고 독일이나 이탈리아보다 많습니다. 일본은 결코 국토의 크기나 인구 면에서도 작은 섬나라가 아닌 것을 알 수 있죠.

니혼노 고꾸도와 치이사나이[日本(にほん)の 國土(こくど)は 小(ちい)さない)]。 일본의 국토는 작지 않다.

고꾸도(國土 こくど) : 국토 / 징꼬-(人口 じんこう) : 인구

25

009. 일본 사람은 자기가 사는 집을 토끼장이라 부른다?

♣ 일본 사람은 자신이 사는 집을 '토끼장'이라 부릅니다.

일본에 도착해 시내로 가는 전철 안에서 일본의 집을 처음 보게 되면 생각보다 작은 것에 놀라게 됩니다. 일본의 작은 집이 다닥다닥 붙어있는 것에 다시 한번 놀라게 되지요. 일본 지인의 초대를 받아 집에 가보면 방, 거실, 부엌, 화장실 등이 상상했던 것보다 더 작아 놀랍니다. 이런 일본의 집을 보고 영국 작가 윌리엄 부르마는 '종이 집'이라 불렀고 런던타임스지에서는 '성냥갑 집'이라고도 불렀지요. 일본 사람은 스스로 우사기꼬야(兎小屋 うさぎ-ごや 토끼장)에 산다고 하지요. 토끼장이라는 말은 1979년 EC(유럽공동체) 회의에서 영국 위원이 도쿄 보통 직장인의 주택을 '토끼장'으로 평한 데서 나왔습니다. 보통 일본 중산층의 집은 약 79.2㎡(24평)가 넘지 않는다고 하니 한국 중산층 아파트에 비하면 작은 집에서 사는 것은 확실하죠. *최근 뉴스에 따르면 한국 임대주택 최대 평수가 60㎡(25평)인데 작다고 아우성이어서 85㎡(30평대)로 늘린다고 합니다. 일본에서 알면 부러워할지 자기 형편도 모른다고 혀를 찰지 모르겠군요. 1980년대 게이자이바브루[經濟 Bubble けいざい バブル 경제버블] 시절에는 치솟는 집값 때문에 넓은 집에 사는 것은 고사하고 자기 집을 갖는 것조차 어려웠는데 1990년대 경제버블이 꺼지니 이제는 집값이 더 내려갈까 봐 못산다고 합니다.

게이자이(經濟 けいざい) : 경제

010. 여학교 교복 치마가 미니스커트다?

♣ 일본 여학생은 보통 미니스커트처럼 짧게 교복 치마를 줄여 입습니다.

학창시절의 상징인 고-후꾸(校服 こうふく 교복), 그중에서도 여학교 지날 때 보이던 죠각세-(女学生 じょがくせい 여학생)의 교복은 오랫동안 아련한 추억으로 남지요. 굳이 공부에 관심이 없고 노는 학생이 아니더라도 규격화된 교복을 사면 줄여 입기 마련인데요. 한국 여학생이 우와기(上着 うわぎ 상의) 딱 맞게 하고 스까-또(Skirt スカート 치마) 길이를 넉넉하게 입는 데 반해, 일본 여학생은 상의를 넉넉하게 치마를 미니스커트처럼 짧게 줄여 입습니다. 일본 여학생에게 "왜 불편하게 치마를 짧게 줄여 입어요?" 하고 물으니 "더 여자답게 보이잖아요" 하고 대답을 하더군요. 여학생 교복의 대명사는 해군복 스타일인 세-라-후꾸(Sailor服 セーラーふく)이죠. 무난한 디자인으로는 세라복 중앙에 학교 마크가 들어가지만 멋을 부린 교복에는 어깨 뒤로 넘어간 칼라에도 학교를 상징하는 마크가 있죠. 자전거를 타고 통학을 많이 하는 일본 여학생 중에는 짧게 줄인 교복 치마를 입고 아무렇지 않게 잘 지나다닙니다.

고-후꾸(校服 こうふく) : 교복 / 죠각세-(女学生 じょがくせい) : 여학생
즈봉(Jupon ズボン) : 바지
스또낑구(Stocking ストッキング) : 스타킹
부라우스(blouse ブラウス) : 블라우스, 여성용 상의

011. 일본에도 노숙자가 있을까?

♣ 일본에도 역 주변이나 공원에 가보면 노숙자가 있습니다.

설마 선진국 일본에도 '호-무레스(ホ-ムレス 노숙자)가 있을까?' 하는 물음을 가지고 일본에 도착했는데 한국과 같이 에끼(驛 えき 역) 주변이나 공원에 노쥬꾸모노(野宿者 のじゅくもの 노숙자)가 있는 것을 볼 수 있습니다. 땅바닥에 포장 박스를 깔고 허름한 담요를 덮고 노쥬꾸(野宿 のじゅく 노숙) 하는 모습을 보면 '과연 선진국 일본의 모습인가?' 의심케 합니다. 노숙자가 있는 공원에서 민간단체에서 프리쇼꾸지(Free食事 フリーしょくじ 무료식사)를 나누어주는 것까지 똑같지요. 다른 점은 일본 노숙자는 당당히(?) 자기 집처럼 공원에 간이 텐또(Tent テント 천막)를 치고 빨래까지 널어놓는다는 것입니다. 일부 일본 노숙자는 꽤 청결(?)에 신경을 쓰는 것처럼 보이기까지 합니다. 일본의 노숙자는 2001년 집계로 약 2만 4천 명에 달하고 일본 후생성은 이들이 노숙자에서 벗어날 수 있게 노숙자 자립법을 마련해 지원하고 있습니다. 일본 노숙자도 한국과 마찬가지로 주로 경제적인 하상(破産 はさん 파산) 후, 길거리로 내몰린 사람들이어서 잠깐의 쉼터보다 일할 수 있는 여건을 만들어주는 것이 중요합니다.

지꼬쿠노 사따모 가네시따이[地獄(じごく)の 沙汰(さた)も 金次第(かねしだい)]。 지옥 가는 길도 돈에 좌우된다.

28

012. 오타쿠는 마니아다?

♣ 오타쿠는 마니아 수준을 넘어 광적으로 집착하는 사람을 말합니다.

오타쿠(御宅 オタク 어택)는 원래 '당신, 댁' 같은 이인칭 대명사를 말하나 요즘은 '한 가지에 몰두해 마니아 수준을 넘어 광적으로 집착하는 사람'을 뜻합니다. 오타쿠라는 말은 1983년에 처음 시작되었는데 주로 아니메-숀(Animation アニメーション 애니메이

애니메이션 피규어

션) 같은 대중문화에 열광하는 사람들이 상대방을 존중하는 의미에서 썼다고 합니다. 근년 애니메이션이나 게임 등 하위문화가 인기를 얻음에 따라 전문가 못지않은 지식을 가진 오타쿠의 역할이 중요해지고 있습니다. 한 분야에 집중해 깊이 있고 독특한 의견을 제시하기도 하지만, 폐쇄적이고 커뮤니케이션이 부족한 면은 비판을 받기도 합니다. 애니메이션 〈에반게리온 ヱヴァンゲリヲン〉으로 유명한 안노 히데아키(庵野秀明 あんのひであき) 감독이 애니메이션 오타쿠였다는 것은 널리 알려진 일. 한국에서는 오타쿠가 폐인이라는 별칭으로 불리며 새로 나온 전자제품을 제일 먼저 사용해보는 얼리아답터(Early adopter), 수집광 등으로 발전하고 있지요.

이또오 호루나라 미즈노 데루마데[井戸(いど)を 掘(ほ)るなら 水(みず)の 出(で)るまで]. 우물을 파려면 물 나올 때까지 하라(오타쿠 정신?).

013. 일본에도 중국처럼 소수민족이 있다?

♣ 일본에 홋카이도의 에조(아이누) 족과 오키나와의 류뀨 족 같은 소수민족이 있습니다.

한국이 한민족(韓民族)이라고 한다면 일본 사람들은 자신들을 야마토(大和 やまと 대화) 족이라고 합니다. 대다수를 차지하는 야마토 족 외 소수민족으로는 홋카이도지역의 아이누로 알려진 에조(蝦夷 えぞ 하이) 족과 오키나와의 류뀨(琉球 りゅうきゅう 유구) 족이 있습니다. 에조 족은 원래 물고기나 동물을 사냥하며 살던 이민족이었는데 645년 일본 최초로 중앙집권국가를 이루려 한 다이까노 까이신(大化 改新 たいかの かいしん 대화 개신) 후 일본에 복속되었습니다. 현재 홋카이도를 중심으로 약 2만 명 남아있는 것으로 알려졌으나, 혼혈이 많이 되어 순수한 혈통이라고 보기 어렵습니다. 류뀨 족은 1609년까지 고유의 문화를 가진 왕국을 이루고 살고 있었으나, 일본 사쓰마한(薩摩藩 さつまはん)의 침략으로 일본에 복속되었습니다. 그 외 재일한국인과 재일중국인, 재일브라질인 등이 일본의 신소수민족으로 살아가고 있습니다.

고다이, 호꾸리꾸 · 간도-호쿠부까라 홋카이도-니 카께데 쿄쥬시따 닌닌[古代(こだい), 北陸(ほくりく) · 関東北部(かんとうほくぶ)から 北海道(ほっかいどう)に かけて 居住(きょじゅう)した 人々(にんにん)]。고대, 북육 · 관동 북부부터 북해도에 흩어져 주거했던 사람들.

014. 일본에는 기업체 이름을 딴 도시가 있다?

♣ 아이치현에 도요타 자동차 회사 이름을 딴 도요타시가 있습니다.

아이치켄(愛知県 あいちけん 애지현)의 도요타(豊田 とよた 풍전) 시는 원래 인구 1만4천여 명에 불과한 시골이었습니다. 그곳 이름은 고로모(挙母 ころも)였고요. 1937년 도요타 지도-샤(自動車 じどうしゃ 자동차) 공장을 유치한 이래 일본의 대표적인 공업 도시가 되었습니다. 이듬해 자동차공장이 건립되자 인구는 2만으로 늘었고 1959년에는 찬반여론이 일었음에도 도요타 자동차의 성공을 위해 도시 이름까지 도요타로 바꾸었습니다. 2005년에는 도요타시 인근 무라(村 むら 촌)를 흡수해 통합하며 시의 덩치를 키워 갔고 인구는 41만이 되었습니다. 그런 노력 때문인지 2006년 세계 1위 자동차회사인 미국 GM을 누르고 연간생산량 1위를 차지했습니다. 순이익 면에서도 2006년 약 10조에 달하는 세계 최고의 기교(企業 きぎょう) 기업입니다. 도요타 자동차는 도요타방식이라는 독특한 작업방식으로 유명합니다. 그것은 재고 없이 가장 적절한 시점에 부품을 공급받아 제품을 만들거나 누구나 짧은 시간 교육을 받으면 바로 작업에 들어갈 수 있도록 작업방법을 간편히 한 것 등입니다.

지도-샤(自動車 じどうしゃ) : 자동차
기교-(企業 きぎょう) : 기업

015. 후리타는 아르바이트일까, 직업일까?

♣ 후리타는 프리-아르바이트를 줄인 말입니다.

일본은 1990년대 경제버블이 꺼지면서 10년 장기불황이 왔습니다. *2021년 현재 30년째 일본 경제불황이 이어지고 있습니다. 직장인은 명퇴당하고 각꼬-(学校 がっこう 학교)를 소쓰교-(卒業 そつぎょう 졸업)한 젊은이는 회사에 취직할 수 없었지요. IMF(국제통화기금) 사태 이후, 한국이 맞이한 상황과 다르지 않았습니다. 일본에서는 보통 '아르바이트보다 자유롭다'라는 의미를 더해 프리-아르바이또(Free-Arbeit フリーアルバイト 프리-아르바이트)라고 합니다. 줄여서 후리타(フリーター)이죠. 요즘 일본 젊은이는 아르바이트하더라도 장기가 아닌 단기 아르바이트를 해서 가까운 나라로 가이가이료꼬-(海外旅行 かいがいりょこう 해외여행)를 가거나 배우고 싶은 것을 배우러 학원에 다니기도 합니다. *2010년대 이후 일본 젊은이는 해외여행 갈 생각조차 못 하고 있습니다. 일본은 한국보다 아르바이트 단가가 높아 후리타를 직업 삼아 지내는 젊은이들이 많습니다. 또 일본은 아르바이트 분야에서 나이나 성별, 국적 등을 차별하지 않으므로 누구나 일할 능력이 있으면 언제든지 아르바이트를 할 수 있는 환경이어서 더 그런 듯합니다. *요즘 일본 편의점에서 종종 동남아, 남미계 아르바이트생이 보입니다.

가와이- 고니와 다비오 사세요[可愛(かわい)い 子(こ)には 旅(たび)を させよ]。 귀여운 아이는 여행을 시켜라(귀한 자식일수록 고생시켜라).

016. 일본 여자는 3저 남자를 좋아해?

♣ 일부 일본 여자는 키 작고, 수입 적고, 나이 적은 남자를 좋아한다고 합니다.

남자가 여자보다 나이가 적다면 요즘 한국에서 유행하는 연상연하 커플이 떠오릅니다. 일본에서는 그전부터 연상연하 커플이 유행했었죠. 이것은 남성 위주의 사회인 일본에서 여성의 지위가 높아진 것을 의미하지요. 요즘 일부 일본 여자들이 좋아한다는 산떼(三低 さんて), 즉 남자가 '세가 히꾸-[背(せ)が 低(ひく)い 키가 작다]', '슈-뉴-가 히꾸-[収入(しゆうにゆう)가 低(ひく)い 수입이 적다]', '넨레이가 히꾸-[年齢(ねんれい)가 低(ひく)い 나이가 적다]' 입니다. 한마디로 여성이 좋은 직장에 수입도 많고 안정되었으니 작고 젊은 남자를 원한다는 것이지요. 키 큰 꽃미남을 찾지 않는 것이 다행이랄까요. 경제가 호황이던 1980년대에는 반대로 산꼬-(三高 さんこう) 남자를 좋아했었지요. 삼고는 '세가 다까이[背(せ)が 高(たか)い 키가 크다]', '슈-뉴-가 다까이[収入(しゆうにゆう)가 高(たか)い 수입이 많다]', '넨레이가 다까이[年齢(ねんれい)가 高(たか)い 나이가 많다]' 입니다. 백마 탄 아재 왕자님을 떠올리게 하네요. 어때요. 당신은 삼고가 좋으세요? 삼저가 좋으세요?

와루니요-보-와 잇쇼-노 후사꾸[惡女房(わるにょうぼう)는 一生(いっしょう)の 不作(ふさく)]。악처를 얻으면 평생 흉년(나쁜 남편도 마찬가지겠죠)!

017. 일본에서 한류 정말 인기 있다?

♣ 일본 중년여성과 젊은 여성층에서 인기가 높습니다.

TV 도라마(Drama ドラマ 드라마)에서 시작된 칸류-(韓流 かんりゅう 한류)로 인해 한국에 대한 인식이 바뀐 것을 보면 한류가 인기가 있다고 할 수 있습니다. 한류의 시작은 TV 드라마 〈후유노 소나타[冬(ふゆ)の ソナタ 겨울연가〉에서 비롯되었습니다. 〈겨울연가〉에 나온 배용준과 최지우는 욘사마(ようんさま)와 지우희메(ジウひめ)로 불리며 대단한 인기를 얻었습니다. 특히 일본 중년여성들은 배용준의 따스한 비쇼-(微笑 びしょう 미소)에서 잃어버렸던 연애 시절의 풋풋함을 느끼고 있죠. 그 후 일본 사람보다 일본 사람 같은 친근함을 가진 가슈(歌手 かしゅ 가수) 보아, 이웃집 오빠 같은 류시원 등이 많은 관심을 받았습니다. 이어서 사극 대장금(大長今 テジャングム)이 일본에 한국 음식 붐을 가져왔지요. 한류가 있기 전에는 정말 가까운 나라 한국에 대해 잘 아는 일본 사람이 적었습니다. 한국 드라마의 인기로 가깝지만, 몰랐던 한국에 가고 싶어서 하는 일본 사람들도 많아졌습니다. 일본에 유학 온 학생들에 대한 인식도 좋아졌지요. *한류는 2010년대 초 한일 양국의 독도갈등, 일본 정치가의 막말 파동 등으로 침체를 겪었으나 2010년대 말 일본 젊은 여성층이 한국의 걸그룹과 보이그룹을 좋아하면서 되살아나고 있습니다.

에이가(映画 えいが) : 영화 / 뮤-지카르(Musical ミュージカル) : 뮤지컬

018. 일본 사람이 자전거를 많이 타는 이유는?

♣ 일부 일본 사람은 대중교통 요금이 비싸 가까운 곳은 자전거를 많이 타고 다닙니다.

일본의 덴떼쯔(電鉄 でんてつ 전철)는 한국의 지하철공사에서 운영하는 JR(Japan railways)과 개인회사가 운영하는 시떼쯔(私鉄 してつ 사철), 치까떼쯔(地下鉄 ちかてつ) 지하철로 나눌 수 있지요. 한국은 전철, 지하철 개념을 혼용해 쓰지만, 일본은 지상으로 다니는 것을 전철, 지하로 다니는 것을 지하철이라고 합니다.

전철

자전거

JR에는 야마노떼센(山手線 やまのてせん 산수선), 츄-오-센(中央線 ちゅうおうせん 중앙선), 게이요-센(京葉線 けいようせん 경엽선), 사이쿄-센(埼京線 さいきょうせん 기경선) 등이 있습니다. 사철에는 오다큐-센(小田急線 おだきゅうせん 소전급선), 게이오-센(京王線 けいおうせん 경왕선), 도-큐-센

(東急線 とうきゅうせん 동급선), 세이부센(西武線 せいぶせん 서무선), 도-부센(東武線 とうぶせん 동무선) 등이 있습니다. 지하철은 에이단(營團 えいだん 영단)과 도에이단(都團 とえいだん 도단) 두 회사가 운영하고 있어 사철에 속합니다. JR의 기본요금은 130엔(円), 사철은 140엔, 지하철은 160엔 정도 하고, 버스는 기본요금이 200엔 정도 해서 전철보다 비쌉니다. 택시 기본요금은 600엔 정도이니 말할 것도 없지요. 이제 일본사람들이 지뗀샤(自転車 じてんしゃ 자전거)를 많이 타고 다니는 이유를 아시겠죠.

- 대중교통 수단
덴떼쯔(電鉄 でんてつ) : 전철
지뗀샤(自転車 じてんしゃ) : 자전거
치까떼쯔(地下鉄 ちかてつ) : 지하철
제-아-르센(JR線 ジェーアールせん) : JR선
바스(bus バス) : 버스
타꾸시-(Taxi タクシー) : 택시. 타키시-(タキシー).
오-토바이(Auto-bike オートバイ) : 오토바이

019. 일본은 경제 동물이다?

♣ 일본은 한때 경제 동물이라 불린 적이 있습니다.

오늘날 센싱꼬꾸(先進國 せんしんこく 선진국) 일본을 있게 한 것이 아이러니하게 1950년 한국전쟁 때문입니다. 제2차 세계 대전(태평양 전쟁)에서 패한 일본은 산업기반이 완전히 무너졌으나 한국전쟁 때 전시물자 보급기지로 이용되면서 기세끼(奇跡 きせき 기적)의 경제 회생을 이루게 됩니다. 1964년 도쿄 올림픽으로 한번 경제 도약하는 데 발판은 역시 한국전쟁이죠. 1956년~1972년 고도성장으로 미국 다음의 경제 대국이 되고 완전고용과 물가안정, 재정균형이라는 이상적인 경제체계를 갖게 됩니다. 또 1973년 중동 오일쇼크를 넘기고 1980년대에 엔고를 이기며 최대 호황을 맞이합니다. 70년대부터 일본은 게이자이도-부쯔(経済動物 けいざいどうぶつ 경제동물)이라는 이야기를 듣기 시작하는데 트랜지스터와 워크맨으로 상징되는 첨단 기술을 앞세운 유슈쯔(輸出 ゆしゅつ 수출)로 막대한 이익을 냈기 때문입니다. 당시 세계는 오까네(おかね 돈)만 빨아들이는 일본을 보는 눈초리가 곱지 않았습니다. 이 때문에 일본은 정책을 바꾸어 후진국에 대한 ODA(공적개발원조)를 하거나 일본 국제교류기금 같은 단체를 만들어 문화 교류를 하는 데 힘썼습니다. 그 결과 현재 일본은 경제 동물이 아닌 문화국가로 알려지게 되었습니다.

유뉴-(輸入 ゆにゅう) 수입 / 붓까(物価 ぶっか) 물가

020. 일본에도 방콕족이 있다?

♣ 일본에는 히끼꼬모리라는 방콕족이 있습니다.

히끼꼬모리(引(き)籠もり ヒキコモリ 은둔형 외톨이)는 샤까이세-까쯔(社會生活 じゃかいせいかつ 사회생활)에 적응하지 못하고 병적으로 집에만 틀어박혀 있는 사람을 말합니다. 일본 후생성은 2001년부터 6개월 이상 집에만 있는 사람을 히끼꼬모리라고 진단하고 있을 정도로 사회문제화되고 있죠. 일본에 히끼꼬모리가 나타난 것은 1970년대 일본 경제의 고도성장기 무렵인데 1990년 경제버블이 터지며 경제 침체와 함께 증상이 심해졌습니다. 이들의 특징은 집안사람과 대화를 하지 않고 주로 인따-넷또(Internet インターネット 인터넷)를 하거나 TV 시청으로 하루를 보낸다고 합니다. 이런 증상의 원인으로는 핵가족화와 각박해지는 사회환경 변화, 정보통신의 발달 등이 있습니다. 한국에도 1990년대 방에만 콕 틀어박혀 있는 사람이란 뜻의 방콕족이 생겨나기 시작했는데 일본과 상황이 다르지 않은 것 같습니다. 여기에 경제난으로 인한 슈-교-(就業 しゅうぎゅう 취업)의 어려움과 취직이 되더라도 명퇴에 대한 불안감이 히끼꼬모리나 방콕족을 양산하고 있다고 할 수 있습니다.

다이모 히또리데 다베레바 우마꾸나시[鯛(たい)も 一人(ひとり)で 食(た)べれば うまくなし]。도미도 혼자 먹으면 맛 없다(좋은 것도 함께해야 좋다는 뜻).

021. 보통 일본 사람은 독도에 관심이 없다?

♣ 보통 일본 사람은 독도에 관심이 없습니다.

일본 사람은 독도(獨島)를 다케시마(竹島 たけしま 죽도)라고 부릅니다. 일본 정부의 고위관료나 우익이 독도가 자기네 땅이라고 주장을 하며 한국에 딴죽을 걸고 있죠. 독도는 한국이 실효 지배를 하고 있는데 말이죠. 특히 동해에 접한 시마네켄(島根 しまねけん)은 2005년 다케시마의 날까지 지정해 교-지(行事 ぎょうじ 행사)를 갖고 있습니다. 처음 다케시마의 날 행사를 할 때는 고위관리나 우익이 참가해 떠들썩한 분위기였는데 최근에는 갈수록 참가하는 사람이 적어 썰렁한 행사가 되고 있습니다. 처음에도 일반 시민들의 참여는 적었던 편이었고 일종의 관제행사에 불과했습니다. 사실 보통 일본 사람은 독도에 관해 관심이 많지 않습니다. 섬나라 일본은 한국보다 큰 국토를 가지고 있고 많은 시마(島 しま 도), 즉 섬을 가지고 있는데 괜히 이웃 나라와 문제를 일으킨다는 생각이죠. 반대로 일본 남부의 셍까꾸(尖角 せんかく 첨각) 열도에서는 중국과 영토분쟁을 벌이고 있죠. 일본이 실효 점유하고 있는 셍까꾸 열도를 중국이 자기 땅이라고 주장하고 있어 정반대의 관점이죠. 니혼(日本 にほん 일본), 욕심을 버려요!

도꾸시마와 아레라노 고꾸도[独島(どくしま)は 我等(あれら)の 国土(こくど)]。독도는 우리 땅!

022. 일본 사우나는 일하는 아줌마가 남탕에 막 들어온다?

♣ 일부 일본 사우나 중에는 일하는 아줌마가 남탕에 들어오는 경우가 있습니다.

일본 후로바(風呂場 ふろば 목욕탕)에는 남탕과 여탕 입구 중간에 요금 받는 카운터(Counter), 즉 반다이(番台 ばんだい 번태)가 있습니다. 그런데 반다이에서 남탕과 여탕의 탈의실을 볼 수 있습니다. 오래된 목욕탕은 탈의한 옷을 개인 대바구니에 놓는데 그걸 지키려고 그러나요. 일본 사우나(Sauna サウナ)에서는 청소하거나 마사지 예약을 한 사람을 찾기 위해 아줌마가 남탕에 들어오는 일도 있지요. "하이리마스[入(は)リます 들어갑니다]"하고 예고라도 하면 좋은데 불쑥 문을 열고 들어와서 청소하거나 볼일을 보고 나가죠. 일본 남자들은 으레 그러려니 하고 신경을 쓰지 않습니다만, 외국인들은 아줌마의 출현에 기겁합니다. 일본 남자들은 대부분 부끄러워 거시기를 수건을 가지고 남탕에 들어오는데 청소하는 아줌마는 남의 거시기는 신경 쓰지 않는 것 같습니다. 그런데도 일본 사람이 동네 목욕탕이나 사우나를 자주 찾는 이유는 일본 집의 요꾸소-(浴槽 よくそう 욕조)나 샤워 시설이 미미해서입니다.

아사마라 다다메 모노니 가네오 가스나[朝(あさ)まら 立(た)たぬ 物(もの)に 金(かね)を 貸(か)すな]. 아침에 거시기가 서지 않는 사람에게 돈을 빌려주지 말 것.

023. 일본도 왕따 문제로 곤란을 겪고 있다?

♣ 일본은 이지메라는 왕따가 사회문제가 되고 있습니다.

이지메(イジメ 집단 따돌림)는 학교 등에서 학생들이 집단으로 약자인 고징(個人 こじん 개인)을 소외시키고 괴롭히는 것을 말합니다. 이지메의 어원은 '괴롭히다, 들볶는다.'라는 뜻의 이지메루(苛める いじめる)에서 왔습니다. 이지메는 1952년 미야기켄(宮城縣 みやぎけん 궁성현)에서 백일해 접종 부작용이 난 아이들을 와꾸친(Vaccine ワクチン)이라며 따돌린 데서 처음 시작되었다고 합니다. 이처럼 이지메는 약한 대상을 목표로 하기에 비겁한 행동이지만, 집단의식이 강한 일본에서 슈-당(集団 しゅうだん 집단)에 들어가지 못한 사람은 이지메가 아니더라도 겉돌 수밖에 없죠.

일본 학생들(이지메 관계 없음)

이지메는 근년에 들어 일본 내의 소수민족으로 살아가는 재일한국인이나 재일중국인을 괴롭히는 데 쓰이기도 합니다. 이른바 겐캉(嫌韓 けんかん 혐한)이고 겐츄(嫌中 けんちゅう 혐중)입니다. 한국의 왕따도 이지메를 닮아 학교의 약한 친구는 물론 장애인 같이 약한 대상을 괴롭히거나 직장에서 튀는 직원을 따돌리기도 하지요. 이지메를 극복하는 방법은 약점을 보이지 말고 '눈에는 눈, 이에는 이'로 강하게 대응하는 것입니다. 예수님은 '악에 대적하지 말라'고 하셨지만요. 이지메는 점점 고도화되는 현대사회가 동물의 약육강식을 닮는 것 같아 씁쓸합니다.

이지메(イジメ) : 집단 따돌림, 왕따
이지멧꼬(いじめっこ) : 이지메 가해자
이지메라렛꼬(いじめられっこ) : 이지메 피해자
슈-당(集団 しゅうだん) : 집단

024. 지하철에서 책 읽는 것인지, 만화를 보는 것인지?

♣ 지하철에서 책을 읽는 사람이 있으나 만화책을 보는 사람도 많습니다.

보통 일본은 책을 많이 출판하고 일본 사람은 책을 많이 읽는 것으로 알려졌습니다. 그런데 일본 사람이 정말 독서를 열심히 할까? 하는 물음이 생깁니다. 이 물음에 앞서 망가(漫画 まんが 만화)를 혼(本 ほん 책)으로 볼지, 보지 않을지부터 따져야 하겠지요. 만화 천국 일본에서는 가벼운 코믹만화부터 무거운 레끼시(歷史 れきし 역사)나 가가꾸(科学 かがく 과학)까지 만화로 풀어내지 못하는 것이 없죠. 따라서 일본에서 만화는 당당히 하나의 책으로 인정받고 있습니다. 만화의 유래는 19세기 우끼요에(浮世繪 うきよえ) 화가 호쿠사이(北齋 ほくさい)가 출판한 호쿠사이망가(北齋漫画 ほくさいまんが)에서 비롯되었습니다. 당시는 그림에 간단한 설명이 붙은 정도로 요즘 한국에서 인기를 끌고 있는 인터넷 만화와 비슷하지 않나 싶네요. 소년점프로 대표되는 일본 만화잡지는 약 200여 개가 있고 만화가만 약 3,700여 명에 달하고 만화 단행본은 해마다 약 1만 종 이상 출판된다고 합니다. 따라서 평소에 책을 읽지만, 틈틈이 만화를 보는 사람이 많은 것이 당연하겠죠.

망가오 가꾸[漫画(まんが)を かく]. 만화를 그리다.
소레와 망가데끼다[それは 漫画的(まんがてき)だ]. 그것은 재미있다.

025. 일본은 한국, 중국 말고 타이완과 친하다?

♣ 일본은 한국, 중국과 사이가 좋지 않지만, 타이완과 친한 관계입니다.

타이완(台湾 たいわん 대만)은 원래 츄-고꾸(中国 ちゅうごく 중국)에 속하지 않고 독립적으로 지내왔으나 1683년 청나라에 복속되어 중국 일부가 되었습니다. 그 후 중국 변방으로 지내다가 1895년~1945년 51년간 일제의 식민지가 되고 맙니다. 대만 식민시절 일제는 대만에 근대적 시세쯔(施設 しせつ 시설)를 세우고 신식 교-이꾸(教育 きょういく 교육)를 실시해 일본에 동화되게 만들었습니다. 사실 항상 대륙으로부터 핍박을 받던 대만 사람은 청나라든 일제든 누가 통치해도 상관이 없었지요. 이후 일제가 패망하자 중국공산당에 쫓긴 본토 사람(국민당)이 몰려와 지배세력이 이루게 됩니다. 당연히 대만에 살던 사람은 본토 사람이 좋게 보일 리 없겠죠. 중국도 마찬가지고요. 이런 이유로 그나마 중국 변방이었던 대만에 국가기반시설과 국가체제를 만든 일제를 좋아하게 된 것입니다. 이런 것이 일제 식민지였던 캉꼬꾸(韓国 かんこく 한국)에도 적용된다고 주장하는 일본 사람이 일부 있습니다. 하지만 대만과 달리 한국은 이미 조선이라는 국가체계가 있었고 국가기반시설은 대륙(중국) 침략의 발판이 되었을 뿐입니다. 여기에 일제는 한반도에서 중국과의 전쟁에 필요한 물자와 인력을 차출하는 등 혹독한 식민지 경영을 했습니다.

시세쯔(施設 しせつ) : 시설 / 교-이꾸(教育 きょういく) : 교육

026. 헤어누드는 헤어스타일을 강조한 누드다?

♣ 헤어누드는 헤어스타일을 강조한 누드가 아니라 전신 누드를 말합니다.

헤아누-도(Hair rude ヘアヌード 헤어누드)라는 말은 90년대 초 신조어를 만드는데 소질이 있는 일본에서 만들어진 말입니다. 헤어(Hair ヘア 헤어)는 '머리카락, 음모(陰毛)', 누-도(Nude ヌード)는 '벗은 몸'이란 뜻으로 헤아와 누-도를 합치면 가미노게[髮(かみ)の毛(け) 머리카락 누드]가 되나요. 아니죠. 헤어누드는 '음모가 보이는 전신 누드'를 뜻합니다. 보통은 음모가 보이면 모자이크 처리를 하는데 헤어누드는 모자이크 처리를 하지 않고 다 보여주는 것이죠. 워낙 세-(性 せい 성)에 관대하기로 소문난 일본도 상반신 누드는 버젓이 보여주곤 했는데 하반신 누드까지는 좀 꺼렸죠. 예술 누드사진이 아닌 상업용 누드사진을 그라비아(Gravure グラビア)라고 하는데 하반신이 나오면 음란물 취급을 받았습니다. 하지만 1991년 미야자와 리에[宮沢(みやざわ) りえ]의 〈산타페〉라는 전신 누드집이 선풍적인 인기를 끌자 헤어누드에 대한 논란이 벌어졌고 1995년부터는 아무런 제재 없이 헤어누드 사진이 일반 잡지에 실릴 수 있게 되었습니다. 우리로서는 이해가 되지 않지만, 품격 있는 시사 잡지에도 아름다움을 보여준다는 핑계로 약방의 감초처럼 헤어누드 사진이 들어갑니다.

가라다(体 からだ) : 몸

027. 전철을 타려면 핸드폰을 진동으로 해야 한다?

♣ 전철 등 공공장소에서 핸드폰을 진동으로 하는 경우가 많습니다.

일본 전철을 타면 여간해서 게이따이(携帯 けいたい 핸드폰) 울리는 소리를 들을 수 없습니다. 그렇다고 뎅와(電話 でんわ 전화)가 오지 않는 것은 아닌데 대부분은 핸드폰을 진동으로 해 놓아서 그런 겁니다. 전철 안에서 통화를 하더라도 작은 소리로 간단히 말하고 끊는 경우가 많습니다. 이러한 것은 일본사람의 교육관인 시쯔께(仕付け しつけ)에서 비롯되었습니다. 시쯔께란 '예의범절을 가르침'이란 뜻인데 달리 말하면 '일본 사람답게 하는 교육'을 말합니다. 시쯔께의 기본은 메이와꾸 가케루나[迷惑(めいわく)를 掛(か)けるな 폐를 끼치지 마라]라고 할 수 있습니다. 시쯔께를 통해 독립적이고 개성 있는 사람이 되기보다는 튀지 않고 사회의 일원이 되는 것을 가르치는 것이라 할 수 있죠. 사회의 일원을 강조하다 보니 일본 사람은 웬만하면 집단에 끼어 행동하기도 하지만, 혼자 있을 때는 강한 개인주의 성향을 보이기도 합니다. 이런 것을 꼬집어 코미디언이자 영화감독인 기타노 다케시(北野武 きたのたけし 북야무)는 "모두라면 빨간 신호도 무섭지 않다"라는 말을 했죠. 반면에 전철 선로에 누가 떨어져도 구하려는 사람 하나 없는 게 일본 사람이기도 합니다.

히또니 메이와꾸오 가께나이 고또[人(ひと)に 迷惑(めいわく)お か(掛)けないこと]。 남에게 폐를 끼치지 않는 것.

46

028. 일본은 자신을 패망시킨 미국을 좋아한다?

♣ 일본은 세계 어느 나라보다 미국을 좋아합니다.

일본이 제2차 세계 대전에서 자신을 패망시킨 베이꼬꾸(米国 べいこく 미국)를 좋아한다니 한편으로 이해가 되지 않지만, 분명 일본 사람은 미국을 아이시떼르[愛(あい)してる 좋아한다]. 전승국인 미국은 제1 전범인 덴노-(天皇 てんのう 천황)에게 죄를 묻지 않았을 뿐 아니라 천황제를 유지하도록 은혜를 베풀었죠. 1950년 한국전쟁 발발로 미국은 일본에 군수지원기지 역할을 부여하며 전쟁으로 폐허가 된 일본 경제 회생을 돕습니다. 1952년 4월 28일에는 샌프란시스코에서 일본과 미국의 헤이와죠-야꾸(平和条約 へいわじょうやく 평화조약)가 발효되어 일본이 주권을 회복하기도 했습니다. 일본은 이날을 독립일로 삼고 있죠. 패전한 일본은 재빨리 선진국 미국에서 기쥬쯔(技術 ぎじょつ 기술)를 도입하고 생산된 제품을 세계 제1의 소비시장인 미국에 수출합니다. 당시 일본은 '작고 얇다'라는 뜻의 단소박형(短小薄形) 제품인 트랜지스터와 워크맨을 수출해 엄청난 이익을 남기며 미국 다음가는 경제 대국이 됩니다. 일본이 이렇듯 경제에 열중하고 있을 때 미국은 친절하게 일본의 안보를 책임져 주었습니다. 그러니 일본이 미국을 좋아하지 않을 수 없겠죠.

니혼와 혼또니 베이꼬꾸오 아이시떼루[日本(にほん)は ほんとに 米国(べいこく)お 愛(あい)してる]. 일본은 정말 미국을 좋아한다.

029. 일본 경찰은 자전거를 타고 다닌다?

♣ 일본 경찰은 보통 자전거를 타고 순찰을 다닙니다.

일본 경찰

한국에서는 게이사쓰(警察 けいさつ 경찰)가 순찰차를 타고 동네를 순찰하는 것이 보통인데 일본에서는 경찰이 지덴샤(自轉車 じてんしゃ 자전거)를 타고 돌아다닙니다. 자전거를 타고 돌아다닌다고 해서 오마와리상[お巡(まわ)りさん 순경]이라는 별칭으로 불리죠. 경찰 계급 중 제일 낮은 계급은 준사(巡査 じゅんさ 순사)라고 하고요. 일본에는 혼다(本田 ほんた 본전)나 스즈키(スズキ) 같은 오토바이 회사도 많은데 자전거를 타고 다닌다는 것이 이해가 되지 않을 수도 있습니다. 이것도 남에게 폐를 끼치지 않는다는 일본 특유의 정신이 배어 있는 것은 아닐지. 일본 경찰은 동네에서 가끔 볼 수 있고 가부끼초-(歌舞伎町 (かぶきちょう) 같은 유흥가에는 순찰지점을 두고 있기도 합니다. 소도시나 시골에서는 이렇다 할 사건이 없어 경찰은 시민의 도우미 역할을 하고 있습니다. 영화 〈오도루다이소-사센(踊る大捜査線 おどるだいそうさせん 춤추는 대수사선)〉에서는 주인공 아오시마의 직책이 준사부쪼-(巡査部長 じゅんさぶちょう 순사부장)인데 한국으로 치면 경사(형사) 정도 됩니다.

게이사쓰헤 도도께루[警察(けいさつ)へ 届(とど)ける]。
경찰에 (도둑)을 신고하다.

48

030. 일본 사람은 덧니와 안짱다리가 많다?

♣ 일본 사람 중에는 덧니와 안짱다리인 사람이 많습니다.

야에바(八重歯 やえば 덧니)가 많아서일까요. 일본에서 쉽게 시까(歯科 し
か 치과)를 볼 수 있음에도 교정 치료하지 않고 덧니를 한 채로 지내는
사람이 많지요. 일본 사람 중에 덧니가 많은 이유는 대체로 머리가 작은
데 아래턱도 작아 치아가 나올 자리가 부족해서라고 합니다. 한의학적으
로는 일본인 중에 작은 머리, 얇은 턱선 등의 특징을 가진 소양인이 많아
그렇다고 설명하기도 하죠. 스즈키 아이리(鈴木愛理 すずきあいり 영목애
리) 같이 일본 연예인 중에는 덧니를 치료하지 않고 매력으로 삼아 활동
하는 사람도 많지요.

세이자(무릎 앉기)

덧니 못지않게 일본 사람 중에 많이 볼 수 있는 것이 가니마타[ガニ股(また) 안짱다리]입니다. 안짱다리의 원인으로 〈국화와 칼〉의 저자는 아기 때 차는 기저귀가 무거워서일 수 있다는 말을 전하고 있으나 실제 원인은 일본 사람이 앉는 자세에서 비롯되었다고 보는 것이 옳은 것 같습니다. 뼈가 굳지 않는 어릴 때부터 무릎 꿇고 앉는 자세인 세이자(正座 せいざ 정좌)가 안짱다리를 만드는 것이지요. 특히 여자들은 일본 전통복장인 기모노를 입었을 때 정좌 말고 앉기 힘든 것도 여자들에게 안짱다리가 많은 이유가 됩니다.

도조, 아시오 구즈시데 구다사이[どうぞ, 足(あし)を くずして ください]。
편히 앉으세요.

- 병원 관련 단어
뵤-잉(病院 びょういん) : 병원
이시(医師 いし) : 의사 또는 이샤(医者 いしゃ)
캉쟈(患者 かんじゃ) : 환자 또는 뵤-닝(病人 びょうにん)
캉고시(看護士 かんごし) : 남자 간호사
캉고후(看護婦 かんごふ) : 여자 간호사
큐-큐-샤(救急車 きゅうきゅうしゃ) : 구급차
얏교꾸(薬局 やっきょく) : 약국
쇼-츄-치료-시쯔(集中治療室 しゅうちゅうちりょうしつ) : 중환자실
셈몽이(専門医 せんもんい) : 전문의

031. 일본 남자가 메이드 문화에 열광하는 이유?

♣ 일본 사회에서 남자를 향한 압박감과 소외 때문입니다.

'하녀'라는 뜻의 메-도(Maid メード 메이드) 카페는 아끼하바라(秋葉原 あきはばら), 신주꾸(新宿 しんじゅく 신숙) 같은 시내에 있습니다. 메이드 카페는 말 그대로 젊은 여성이 메이드 유니폼을 입고 손님을 오야지(親父 おやじ 주인)라 부르며 시중을 들고 대화 상대도 되는 곳입니다. 가끔 손님의 발을 씻겨주기도 하고 카드 게-무(Game ゲーム 게임)를 같이 하기도 하지요. 물론 추가 요금이 붙습니다. 메이드 카페라는 말처럼 잠시 주인과 하녀의 관계를 체험할 수 있는 곳이라 보면 되겠네요. 이와 유사한 곳으로는 데-토(Date デート 데이트) 카페를 들 수 있는데 커피숍 내 여자를 초대해 함께 고-히(Coffee コーヒー 커피)를 마시며 대화를 할 수 있습니다. 물론 자리로 초대된 여자의 비싼(?) 커피 값을 내야 하고요. 애프터를 신청해 밖으로 나갈 수도 있지요. 애프터 비가 따로 있고 밖에 나가서는 둘이 마음에 맞는 대로 하면 되는데 둘만의 은밀한 거래(?)도 이루어진다고 하니 주의해야겠죠. 렝아이(恋愛 れんあい 연애)가 자유로운 일본에서 메이드 카페나 데이트 카페가 성업 중이라는 사실은 뭔가 고개를 갸우뚱하게 합니다. 그만큼 일본 여자들의 목소리가 커지고 남자들에게 압박이 심해진 것은 아닌지 모르겠네요. 소외도 한 이유고요.

데-토니 데까께루[デートに 出(で)かける]. 데이트를 나가다.

032. 결혼하면 부인이 남편의 성을 따른다?

♣ 일본에서는 대부분 결혼하면 부인이 남편의 성을 따릅니다.

한국의 세이시(姓氏 せいし 성씨)가 약 340여 개에 불과한 데 비해, 일본의 성씨는 무려 약 21만여 개로 엄청나게 많습니다. 우리가 알고 있는 다나까(田中 たなか 전중)나 스즈끼(鈴木 すずき 영목) 같은 성씨가 전부는 아니라는 것이죠. 따라서 희귀한 성씨는 반드시 읽는 방법을 한자 위에 히라카나(ひらかな)로 적어두지 않으면 읽을 수 없습니다. 일본에서 남녀가 겟꽁(結婚 けっこん 결혼)을 하게 되면 대개 츠마(妻 つま 부인)는 옷또(夫 おっと 남편)의 성씨를 따라가나 무남독녀같이 예외적으로 부인의 성씨를 따라가는 수도 있습니다. 이처럼 일본은 서양 관습과 같으나 한국은 결혼 후에도 부인의 성씨가 남아있어 독특하다고 할 수 있습니다. 일본에서 결혼 가능한 나이는 남자 18세, 여자 만 16세 이상으로 결혼한 부부의 85% 이상이 연애결혼을 하는 것으로 나타났습니다. 1998년 남자의 결혼 평균연령은 만 28.7세, 여자는 만 26.8세이고 부인이 남편의 성을 따라가는 비율이 98.9%에 달한다고 합니다. 최근 일본 여성의 여권신장에 따라 후-후벳세이(夫婦別姓 ふうふべっせい 부부별성)가 도입되어 결혼 후에도 각자 성을 유지할 수 있게 되었습니다.

겟꽁 노찌와 벳세이오 나노루 쯔모리데스[結婚(けっこん) 後(のち)는 別姓(べっせい)을 名(な)のる つもりです]. 결혼 후 내 성씨를 유지할 계획이다.

033. 일본에는 간통죄가 없다?

♣ 일본에는 간통죄가 없습니다.

간쯔-(姦通 かんつう 간통)는 배우자 외 다른 사람과 부정한 일(?)을 벌이는 것을 말합니다. 일본에서는 이미 1947년 간통죄를 하이시(廃止 はいし 폐지)했고 중국과 북한도 간통죄가 없습니다. 한국은 2001년 헌법재판소에 간통 존폐가 위헌법률심판에 제청되었는데 간통죄 유지로 판결이 났습니다. *한국도 2015년 간통죄가 헌법재판소에서 위헌판정을 받아, 간통죄가 폐지되었습니다. 일본의 경우 간통죄 폐지 전과 후의 헹까(変化 へんか 변화)가 그리 크지 않아 부부간의 몬다이(問題 もんだい 문제)는 법보다는 부부가 해결해야 한다는 것을 보여줍니다. 하지만 간통죄가 폐지되면 후링(不倫 ふりん 불륜)에 둔감해지는 것은 어쩔 수 없는 일 같습니다.

영화 〈실락원〉

일본 영화 〈시쯔라꾸엥(失楽園 しつらくえん 실락원)〉은 중년 남녀의 불륜을 적나라하게 보여주었습니다. 사실, 1980년대부터 주부들의 아이진(愛人 あいじん 애인) 만들기가 유행처럼 번지기 시작했습니다. 이 시기는 억눌려 지내왔던 일본 여성의 권리가 강화되었던 시기라고 하죠. 일본 사람은 바람이 나도 집을 나가는 것이 아니라 잠시 즐기고 다시 일상으로 돌아가는 이중성을 보여준다고 하네요.

간쯔-(姦通 かんつう) : 간통
후링(不倫 ふりん) : 불륜

II. 일본 여행을 떠나요!

034. 가타카나만 알면 일본 여행이 쉽다?

♣ 일본은 가타카나로 외래어 표기하므로 가타카나를 알면 상가 간판, 표지판을 읽을 수 있습니다.

일본은 한국과 같은 칸지(漢字 かんじ 한자) 문화권이어서 한자를 알면 표지판이나 안내판을 읽을 수 있어 여행이 편합니다. 여기에 외국어를 표기하는 가타카나(片仮名 カタカナ)를 알면 상가 간판이나 표지판도 읽을 수 있죠. 가타카나는 히라카나(平仮名 ひらがな)를 간략히 하거나 모나게 한 것으로 발음은 히라카나와 같습니다. 이들 히라카나와 가타카나를 가나(仮名 かな)라고 해서 일본 글자라고 합니다. 이제 도쿄에서 디즈니랜드 간다고 하면 '도-쿄 데이즈니-란도[(東京(とうきょう) Disneyland(ディズニーランド)]'라는 표지판을 읽어야 합니다. 가타카나로 외국어를 적었을 때 대개 영어와 같이 표시하지만, 영어가 없는 경우에는 가타카나가 말하고 있는 영어단어를 떠올려야 하죠. 패스트푸드점 맥도날드에 들려, 햄버거를 먹으려고 해도 '막꾸도나루도(Mcdonald マクドナルド)'라는 간판을 읽을 수 있어야 함바-가-(Hamburger ハンバーガー 햄버거)를 먹을 수 있습니다. 가타카나는 암호 같지만 한번 읽는 법을 익혀두면 일본 여행 시 매우 편리하게 써먹을 수 있습니다.

가이꼬꾸고와 가타카나데 가꾸[外国語(がいこくご)は 片仮名(カタカナ)で 書(か)く]。 외국어는 가나로 쓴다.

035. 일본 여행 1) 도쿄는 서울보다 4배나 크다?

♣ 도쿄는 서울보다 면적이 약 4배 큽니다.

소우루(ソウル 서울)의 면적은 605.40㎢이고 도-쿄(東京 とうきょう)의 면적이 2,187.05㎢로 도쿄가 서울보다 약 4배 큽니다. 인구는 서울이 약 1천만 명이고 도쿄가 약 1천1백만 명으로 비슷하니, 도쿄 사람이 서울 사람보다 4배 많은 면적을 차지하고 있는 것을 알 수 있습니다. 서울의 행정구역은 25구 522동이고 도쿄는 23도꾸베츠꾸(特別区 とくべつく 특별구) 27시(市 し 시) 5초(町 ちょう 정) 8무라(村 むら 촌)로 이루어져 있습니다. 서울을 특별시로 부르듯이 도쿄를 도(都 と 도)로 부르고 한국에서 경상도, 전라도 하는 도(道)를 일본에서는 켄(県 けん 현)으로 부르고 있죠. 도쿄는 1590년 도쿠가와 이에야스가 에도 막부를 개설하며 발전하기 시작했고 근대에 들어 메이지유신 이후 1869년 수도를 교토에서 도쿄로 옮기면서 일본의 수도가 되었습니다. 도쿄 볼거리로 천황이 사는 고-쿄(皇居 こうきょ 황거), 도쿄도 청사와 가부키초(歌舞伎町 かぶきちょう)가 있는 신주쿠(新宿 しんじゅく), 젊은이들의 천국 시부야(渋谷 しぶや)와 하라주쿠(原宿 はらじゅく), 도심 속 휴식처 우에노꼬-엥(上野公園 うえのこうえん)과 옛 정취의 아사쿠사(浅草 あさくさ), 신도시와 바다를 바라볼 수 있는 오다이바(お台場) 등 도쿄를 다 보려면 일주일도 부족합니다.

료꼬-(旅行 りょこう) : 여행 / 캉고-(観光 かんこう : 관광

036. 일본에서 영어로 길을 물으면 못 들은 척한다?

♣ 도쿄 같은 대도시 사람 중에는 영어로 길을 물으면 못 들은 척 지나가는 사람이 있습니다.

한국 사람들은 매년 에이고벵쿄-(英語勉強 えいごべんきょう 영어공부) 비용으로 무려 15조 원을 투자하고도 2006년 토-푸르(Toefl トーフル 토플) 시험에서 세계 148개국 중 104위에 불과합니다. 한국은 아시아국가 중에 16위이고 일본은 22위를 차지하고 있습니다. 1위는 싱가포르입니다. 일본은 한국보다 적지만 5조 원 정도가 영어공부 비용을 쓰고 있다고 합니다. 한국이나 일본 모두 노력한 것에 비해 지독히도 토플 점수가 나오지 않는 것이지요. 심각한 것은 토플 점수에 상관없이 가이꼬꾸진(外国人 がいこくじん 외국인)과 간단한 회화조차 꺼린다는 것입니다. 토플 점수가 높은 사람조차 회화에는 고개를 절레절레 흔드는 일도 있지요. 일본을 료꼬-(旅行 りょこう 여행)하며 일본 사람에게 간단한 영어로 길을 물어보면 수줍어서 그렇지 대충은 알아들어 듣고 떠듬떠듬 영어로 알려줍니다. 짧은 일본어로 물었다가는 일본어를 잘하는 줄 알고 속사포처럼 말을 해 알아듣기 힘들죠. 그러니 일본에 가서 영어 물어볼 때 피한다고 너무 야박하다고 생각하지 마세요. 서울에서도 마찬가지이니까요.

나사께와 히또노 타메나라즈[情(なさけ)は 人(ひと)の 爲(ため)ならず].
인정을 베푸는 것은 남을 위해 하는 것이 아니다.

037. 일본 여행 2) 요코하마에는 라면 박물관이 있다?

♣ 요코하마에는 라면 박물관이 있습니다.

요코하마(横浜 よこはま 횡빈)는 1859년 미일 수호통상조약 때 강제 개항 됐고 1872년 도쿄와 요코하마 간 데쯔도-(鉄道 てつどう 철도)가 부설되 었습니다. 이로부터 불과 28년만인 1899년에 일본인 가이샤(会社 かい しゃ 회사)가 서울과 인천 간의 경인 철도를 완성하고 1910년에 일제는 한일합병으로 한국의 주권을 빼앗습니다. 일본은 미국의 압박을 받은 지 불과 52년만 조선을 식민지화하는 빠른 변신을 보였죠. 요코하마에는 일 본에서 제일 큰 차이나타운(Chinatown チャイナタウン)이 있는데 이곳에 서 중국 음식을 응용한 라-멘(ラーメン 라면)이 탄생했죠. *챰뽕(ちゃんぽん 짬뽕)은 나가사키에서 탄생. 그런 연유인지 요코하마에 신요코하마 라멘하꾸 부쯔깡(新横浜ラーメン博物館 신요코하마 라멘 박물관)이 있어 전국의 유 명한 라면을 한 곳에서 맛볼 수 있지요. 미나토미라이21(港未来21 みなと みらい21)에는 일본 최대인 73층 297m의 랜드마크 빌딩이 있고 인근에 코스모월드, 컨벤션센터 등도 함께 구경할 수 있습니다. 개항 당시 서양 건물이 남아있는 야마테(山手 やまて) 지역과 근대의 소코(倉庫 そうこ 창 고)가 있는 아카렌가[赤(あか)レンガ] 파크도 빼놓을 수 없지요.

마찌노 아까리가 도데모 키레이네, 요코하마[街(まち)の 灯(あかり)가 とて も きれいね, ヨコハマ]。 거리의 불빛이 너무 예쁘구나. 요코하마

038. 일본 3대 온천은 어디일까?

♣ 일본 3대 온천은 벳푸, 아타미, 노보리베츠 온천입니다.

온센(温泉 おんせん 온천)으로 유명한 일본으로 여행 가면 한 번쯤 온천에 들리게 됩니다. 재미있는 것은 온천탕 온도가 42℃ 이상이 되어야 한다는 규정인데 42℃ 이상이 되어야 대장균이 사멸한다나. 일본은 어디나 땅을 5m만 파면 온천물이 나온다니 좋은 건지 나쁜 건지 모르겠네요. 일본 3대 온천은 후쿠오카(福岡 ふくおか 복강)의 벳푸(別府 べっぷ 별부), 이즈한 또-(伊豆半島 いずはんとう 이두반도)의 아타미(熱海 あたみ 열해), 홋카이 도-(北海道 ほっかいどう 북해도)의 노보리베츠(登別 のぼりべつ 등별)입니다. 혹자는 아리마(有馬 ありま 유마)나 쿠사츠(草津 くさつ 초진)를 3대 온천에 넣기도 하지요. 먼저 아타미는 일본 최대의 온천 도시지만, 막상 소박한 아타미역에 내리면 이곳에 온천 도시인지 실감이 나지 않습니다. 하지만 저녁 무렵 바닷가에서 도시를 바라보면 곳곳에서 하얀 수증기가 오르는 것을 볼 수 있습니다. 벳푸 역시 온천 도시로 시라이케지고꾸(血池 地獄 しらいいけじごく 혈지지옥), 오니야마지고꾸(鬼山地獄 おにやまじごく 귀산지옥), 치노이케지고꾸(血ノ池獄 ちのいけじごく 혈의 지옥) 등 지옥 온천 순례가 유명합니다. 노보리베츠는 내륙에 있는 온천으로 유황 냄새 진동하는 화산 계곡인 지고꾸다니(地獄谷 じごくたに 지옥곡)가 유명!

온센(温泉 おんせん) : 온천 / 지고꾸다니(地獄谷 じごくたに) : 지옥 계곡

039. 일본 여행 3) 오사카에는 "왔소 왔소" 마쯔리가 있다?

♣ 오사카 사천왕사 왔소 마쯔리에서 장정들이 가마를 들며 '왔쇼이-, 왔쇼이-'하고 외칩니다.

오-사카(大阪 おおさか 대판) 시텐노지(四天王寺 してんのうじ 사천왕사)에서는 매년 11월 3일 문화의 날에 왔소 마쯔리[ワッソ祭(まつ)り]를 하고 있습니다. 왔소 마쯔리에서는 가마를 맨 가마꾼들이 '영차- 영차-' 하는 의미로 '왔쇼이(ワッショイ)- 왔쇼-'라고 외치는데 그 말의 어원이 한국어 '왔소'에서 왔다고 합니다. 사천왕사는 593년 쇼-토쿠다이시(聖德太子 しょうとくたいし 성덕태자)가 세운 절로 유씨 성을 가진 백제인이 건축가로 참여했는데 그 후손이 아직 살아있다고 합니다. 오사카는 일본의 대표적인 상업 도시로 첨단 빌딩이 즐비한 우메다(梅田 うめだ 매전) 지역과 전통적 유흥가인 도톤보리(道頓堀 どうとんぼり 도돈굴), 1583년 도요토미 히데요시(豊臣秀吉 とよとみひでよし 풍신수길)가 세운 오사카성, 최초의 관사(官寺)였던 사천왕사까지 볼 것이 많지요. 이쿠노쿠(生野区 いくのく 생야구)에는 일본 최대인 30만의 재일동포가 살고 있기도 하죠. 유니버설 스튜디오 저팬(Universal studio Japan)에서 즐거운 시간을 갖고 도톤보리의 긴류-라멘(金龍(きんりゅう) ラーメン 금룡라면)을 맛보세요.

마찌나까오 마쯔리 키붕니 히닷데이따[町中(まちなか)お 祭(まつ)り 気分(きぶん)に 浸(ひた)っていた]。온 마을이 축제 분위기에 빠져들었다.

040. JR 패스만 있으면 일본 어디라도 OK?

♣ 일본 철도여행 패스인 JR 패스만 있으면 신칸센을 타고 일본 어디든 갈 수 있습니다.

JR(Japan railway) 패스는 신칸센(新幹線 しんかんせん 신간선) 같은 고속 철도뿐만 아니라 JR 관련 일반 기샤(汽車 きしゃ 기차), 버스, 지하철, 페리까지 이용할 수 있어 편리합니다. 도쿄와 오사카 간 JR 패스를 가지고 심야버스를 타면 숙박과 이동이 한 번에 해결되지요. 또 서울 지하철 2호선처럼 도쿄 시내를 한 바퀴 도는 야마노테센(山の手線 やまのてせん 산의 수선)을 타면 도쿄 어디든 갈 수 있습니다. 히로시마(広島 ひろしま 광도)에서는 미야지마(宮島 みやじま 궁도) 갈 때 부담 없이 페리를 탈 수 있어 바닷길도 문제없지요. JR 패스는 기간별로 7일, 14일, 21일짜리가 있고 보통형과 고급인 그린형이 있는데 대개 배낭여행자는 보통형을 선택합니다. JR 패스는 지방에 따라 여러 패스가 있으므로 여행지에 따라 JR 패스를 선택하는 것이 중요합니다. JR 홋카이도(北海道 ほっかいどう 북해도) 레일 패스는 홋카이도 전역, JR 이스트(East) 레일 패스는 홋카이도를 제외한 도쿄(東京) 북쪽의 지역, JR 웨스트(West) 레일 패스는 간사이(関西 かんさい 관서) 공항을 중심으로 서쪽 지역, JR 규-슈(九州 きゅうしゅう 구주) 레일 패스는 규슈 전역에서 이용할 수 있습니다. 단, JR 패스는 외국 여행자를 위한 것이므로 반듯이 외국에서 사야 한다는 것에 주의. 자세한 사항은 JR 패스 홈페이지를 참조(https://japanrailpass.net/kr).

041. 일본 여행 4) 나라에는 담징의 금당 벽화가 있다?

♣ 나라 인근 호류지에는 고구려사람 담징의 금당 벽화가 있습니다.

호류지

나라(奈良 なら 나량)라는 지명은 한국어 '나라'에서 왔다는 설이 유력합니다. 백제를 뜻하는 구다라(百済 くだら)라는 명칭도 한국어 '큰 나라'에서 온 것이지요. 이렇듯 나라는 한국과의 연관성이 많은 곳입니다. 호류-지(法隆寺 ほうりゅうじ 법륭사)는 세계 최고의 목조건물로 세계문화유산에 등록되어 있습니다. 7세기 쇼토쿠다이시(聖德太子 しょうとくたいし 성덕태자)가 아버지를 위해 건립한 절입니다. 호류-지의 기둥은 엔터시스(Entasis), 즉 가운데가 볼록한 배흘림기둥으로 되어있습니다. 고구려 승려 담징(曇徵)이 호류-지에 금당벽화를 남겨놓았으나 1949년 화재로 소실되고 현재 모사화가 남아있습니다.

나라에는 높이 47.5m의 세계최대 목조건물이자 세계문화유산인 도다이지(東大寺 とうたいじ 동대사)도 웅장하게 서 있습니다. 동대사는 745년 쇼무(聖武 しょうむ 성덕) 천왕이 창건했으나 현재의 건물은 1707년 에도(江戶 えと 강호) 시대에 다시 세워진 것입니다. 나라 공원에는 시까(鹿 しか 사슴)가 자연 방목되는 것으로도 유명해서 지나가다 보면 사슴들이 먹이 달라고 사람들을 쫓아다닙니다.

와따시와 붓교-오 신지데 이마스[私(あたし)は 仏教(ぶっきょう)を 信(しん) じて います]. 나는 불교를 믿고 있다.

- 종교 관련 단어
코라무(宗敎 コラム) : 종교
기리스또교-(キリスト教 キリストきょう) : 기독교
교-까이(教会 きょうかい) : 교회
세이쇼(聖書 せいしょ) : 성경
카또릿쿠교-까이(カトリック教会 カトリックきょうかい) : 가톨릭 교회
기리시아세-교-까이(ギリシア正教会 ギリシアせいきょうかい) : 그리스 정교회
붓교-(仏教 ぶっきょう) : 불교
데라(寺 てら) : 절
신또-(神道 しんとう) : 신도
진자(神社 じんじゃ) : 신사
이스라무교-까이(イスラム教 イスラムきょう) : 이슬람교, 회교
코-란(コーラン) : 코란
도-쿄-(道教 どうきょう) : 도교

042. 신사에 들어가야 해, 말아야 해?

♣ 신사는 일본 고유의 종교인 신도의 사원으로 들어가도 무방합니다.

신또우(神道 しんとう 신도)는 자연숭배와 아니미즈무(Animism アニミズム)를 특징으로 합니다. 훗날 불교, 유교, 도교의 영향도 받았죠. 애니미즘은 정령신앙이라고도 하는데 모든 것에 영혼이 있다고 믿는 것입니다. 신도의 사원이 진자(神社 じんじゃ 신사)이고 신사보다 큰 것이 진구-(神宮 じんぐう 진궁)입니다. 이세(伊勢 いせ)에 있는 이세진구-(伊勢神宮 いせじんぐう 이세신궁)는 아마테라스오-미까미(天照大神 あまてらすおおみかみ 천조대신)을 제사 지내는 고-다이진구-(皇大神宮 こうたいじんぐう 황대신궁)과 풍년을 기원하는 도요-게다이진구-(豊受大神宮 とようけだいじんぐう 풍수대신궁)로 이루어져 있습니다. 신사가 한국인에게 신사가 문제 되는 것은 도쿄의 야스꾸니진자(靖国神社 やすくにじんじゃ 정국신사) 때문입니다. 야스꾸니 신사는 메이지 유신 후 1869년 (에도) 막부 군과의 전쟁에서 숨진 병사들을 호국의 가미(神 かみ 신)로 모시기 위해 건립되었습니다. 여기에 제2차 세계 대전의 전범들까지 안치하면서 세계 각국으로부터 전쟁을 미화하는 것이 아닌가 하는 의혹을 받고 있습니다. 전 총리인 아베(安倍 あべ)와 국회의원이 야스꾸니에 참배하면서 아시아 각국의 비난을 받고 있습니다. 야스꾸니 구경은 갈 수 있으나 참배를 하면 안 되겠죠.

센소-(戦争 せんそう) : 전쟁

043. 일본 여행 5) 교토에는 아직 게이샤가 있다?

♣ 교토에는 아직 게이샤가 있습니다.

게이샤(芸者 げいしゃ 예자)는 원래 '춤과 음악 같은 예능을 보여주는 사람'을 뜻했습니다. 1688년 무렵 처음 등장한 게이샤는 예능만 보여주었는데 후에 춤을 핑계로 몸을 파는 게이샤가 출현했습니다. 춤을 추는 게이샤를 마이꼬(舞子 まいこ 무자)라고 합니다. 교-토(京都 きょうと 경도)의 기온(祇園 ぎおん 기원)이라는 유흥가는 예부터 소매가 긴 기모노를 말하는 '후리소데(振袖 ふりそで 진수) 차림의 마이코가 지나는 거리'라고 했을 만큼 게이샤가 많았습니다. 그 이유는 교-토가 8세기부터 19세기 중반까지 약 1200여 년 동안 일본의 수도로 정치와 사회, 문화의 중심지였기 때문입니다. 히가시야마(東山 ひがしやま 동산)에는 교토를 대표하는 절인 기요미즈데라(淸水寺 きよみずでら 청수사)와 기온마쯔리(祇園祭 ぎおんまつり)로 유명한 야사카진쟈(八坂神社 やさかじんじゃ 팔판신사)가 있습니다. 청수사에서는 가끔 놀러 온 마이꼬를 볼 수 있지요. 기누가사(衣笠 きぬがさ)의 긴까꾸지(金閣寺 きんかくじ 금각사)는 1397년 무로마치바꾸후(室町幕府 むろまちばくふ 실정막부)의 장군 아시카가 요시미츠(足利義満 あしかがよしみつ)가 세운 별장이었으나 그가 죽은 뒤 로쿠온지(鹿苑寺 ろくおんじ 녹원사)가 되었습니다. 녹원사 안에 금각사라는 전각이 있지요.

게이샤니 나루[芸者(げいしゃ)に なる]。기생이 되다.

044. 지하철 2호선처럼 도쿄를 한 바퀴 도는 지하철 노선이 있다?

♣ 도쿄를 한 바퀴 도는 야마노테센이라는 지하철이 있습니다.

야마노테센(山の手線 やまのてせん 산의 수선)은 JR 소속의 지하철로 도쿄를 한 바퀴 도는 노선입니다. 먼저 도-쿄-(東京 とうきょう 도쿄) 역에 내리면 일왕이 사는 고-쿄(皇居 こうきょ 황거)에 갈 수 있고 게이요센(京葉線 けいようせん 경엽선)으로 갈아타면 도쿄 디즈니랜드(ディズニー ラント)로 갈 수도 있습니다. 아키하바라(秋葉原 あきはばら 추엽원) 역에서는 전자상가에 가서 신제품을 살펴볼 수 있고 우에노(上野 うえの 상야) 역에서는 우에노 공원과 국립박물관, 도쿄 옛 모습이 남아있는 아사쿠사(浅草 あさくさ 천초)를 구경할 수 있지요. 신주쿠(新宿 しんじゅく 신숙) 역에서는 도쿄도 청사에 올라 도쿄 전망을 보고 가부키초(歌舞伎町 かぶきちょう 가무기정)에서 휘황찬란한 네온사인을 구경합니다. 하라주쿠(原宿 はらじゅく 원숙) 역에서는 예쁜 팬시용품을 구경하고 요요기(代々木 よよぎ 대々목) 공원에서 잠시 쉬며 여행의 피로를 풀어봅니다. 이곳에서 주말 벼룩시장이 열리고 코스프레(コスプレ)가 펼쳐지기도 하죠. 시부야(渋谷 しぶや 삽곡) 역에서는 많은 사람의 물결을 보고 쇼핑도 하면 좋아요.

도-쿄-와 닛뽄노 슈또다[東京(とうきょう)는 日本(にっほん)の 首都(しゅと)다]。 도쿄는 일본의 수도다.

045. 일본 여행 6) 히지메에는 하야오의 애니에 나오는 성이 있다?

♣ 미야자키 하야오의 애니메이션 〈센과 치히로의 행방불명〉에 나온 대온 천장의 모델이 히메지성입니다.

히메지(姬路 ひめじ 희로)는 효고켄(兵庫縣 ひょうごけん 병고현) 남부에 있는 도시로 히 메지죠-(姬路城 ひめじじょう 히메지성)로 유 명합니다. 히메지성은 1333년 처음 만들어졌 고 도요토미 히데요시(豐臣秀吉 とよとみひで よし 풍신수길)가 천수각을 증축했습니다. 1601년 도쿠가와 이에야스(德河家康 とくがわ いえやす 덕천가강)의 사위인 이케다 데루마

히메지성

사(池田輝政 いけだてるまさ 지전휘정)가 크게 개축을 해 오늘의 모습을 갖 추었습니다. 히메지성는 흰색의 우아한 모습 때문에 시라사기죠-(白鷺城 しらさぎじょう 백로 성)라는 별칭을 가지고 있습니다. 반면에 구마모토(熊 本 くまもと 웅본)의 구마모토성(熊本城)은 외관이 검어 가라스죠-(烏城 か らすじょう 까마귀 성)라 불리죠. 히메지성은 미야자키 하야오(宮崎駿 みや ざきはやお 궁기준)의 애니메이션 〈센과 치히로의 행방불명(千と 千尋の 神 隱し)〉에 나온 대온천장의 모델이기도 했습니다.

아니메-숀(Animation アニメーション) : 애니메이션

046. 일본 사우나에서 하룻밤 보내기?

♣ 일본 배낭여행 시 저렴한 숙소로 사우나를 이용할 수 있습니다.

한국 사우나(Sauna サウナ)나 찜질방에 수면실이 있는 것처럼 일본 사우나에도 수면실이 있어 배낭여행 시 저렴한 숙소로 이용할 수 있습니다. 일본 사우나는 대개 시나이(市内 しない 시내)나 역 앞에 있으므로 도까이(都会 とかい), 즉 도시를 구경하거나 다른 도시로 이동할 때 편리하지요. 단, 한국 찜질방처럼 먹거리는 팔지 않으니 미리 편의점에 들렀다가 가는 것이 좋습니다. 사우나에 가보면 일본 사람의 목욕습관이 달라, 우리처럼 탕에 오래 있는 사람은 적고 잠시 들어갔다가 샤워하고 나가는 사람이 대부분입니다. 사우나 외 저렴한 숙소는 유스호스테루(Youth hostel ユースホステル 유스호스텔)나 저가 비지네스호테루(Business hotel ビジネスホテル 비즈니스호텔)가 있습니다. 유스호스텔은 침대 하나를 빌리는 도미토리를 이용하면 저렴하고 저가 비즈니스호텔은 대개 좁은 다다미방에 공동화장실을 이용해야 해서 요금이 쌉니다. 사우나나 저가 비즈니스호텔은 일본 회사원이나 노동자들이 자주 이용하는 것을 볼 수 있고 유스호스텔은 외국인뿐만 아니라 일본 사람도 간혹 여행자로 만날 수 있습니다.

밈파꾸(民泊 みんぱく) : 민박
호테루(Hotel ホテル) : 호텔
료깐(旅館 りょかん) : 여관

70

047 일본 여행 7) 구라시키에는 캔디 박물관이 있다?

♣ 구라시키에는 정말 캔디 박물관이 있습니다.

구라시키(倉敷 ぐらしき 창부)는 오카야마(岡山 おかやま 강산) 인근 도시로 오하라(小原 おはら 소원) 미술관으로 유명한 곳입니다. 구라시키는 예부터 고메(米(こめ 쌀과) 멩까(綿花 めんか 면화) 집산지로 도시 곳곳에 운하를 이용해 운반한 흔적이 남아있습니다. 미관지구에는 에도(江戸 えと 강호) 시대의 건물들도 볼 수 있습니다. 오하라 비쥬쯔깐(小原美術館 おはらびじゅつかん 오하라 미술관)은 방적 회사를 운영하던 오하라 마고사부로(大原孫三郎 おおはら まごさぶろ 대원손삼랑)가 친구이자 화가 고지마 토라지로(児島虎次郎 こじま・とらじろう 이도호차랑)를 기념하기 위해 1930년 일본 최초의 사립 서양미술관을 개관했습니다. 미술관에서는 모네, 로댕, 엘그레코 등 명화 3,000여 점이 교차 전시되고 있습니다. 미관지구 뒤의 한적한 골목에는 애니메이션 〈캔디 캔디〉의 캔디 비쥬쯔깐(キャンデーキャンディ 캔디 박물관)도 있습니다. 정식명칭은 작가 이름을 딴 이가라시 유미꼬(いがらし-ゆみこ) 박물관으로 1998년에 개관했지요. 애니메이션 〈캔디 캔디〉는 1975년 소녀 만화잡지에 연재되기 시작해 20여 개국에서 2,000만 부 이상 팔린 밀리언셀러입니다.

와따시와, 와따시와, 와따시와 칸데이[わたしは, わたしは, わたしは キャンディ]。내 (이름)은, 내 (이름)은, 내 (이름)은 캔디

048. 남녀혼탕 온천을 찾아볼까?

♣ 일본에는 중세 시대부터 남녀혼탕이 있었다고 합니다.

일반적으로 돈을 받는 대중목욕탕을 센또-(洗湯 せんとう 세탕)라고 합니다. 옛날 민간에 목욕탕이 따로 없었고 큰 절에는 예불을 드리러 오는 사람들을 위한 목욕탕이 있었다고 합니다. 이것이 후로바(風呂場 ふろば 풍려장), 즉 목욕탕의 기원이지요. 목욕탕 중에는 남녀혼욕탕과 남·녀탕이 각각 있었습니다. 노텐부로(野天風呂 のてんぶろ 야천풍로), 즉 노천온천탕에서도 남녀혼욕을 했다고 합니다. 최초의 기록은 713년경 〈출운풍토기(出雲風土記)〉에 남녀가 거리낌 없이 온천에서 놀며 주연을 즐기고 병을 치료했다는 기록이 있습니다. 1853년 일미화친조약을 맺은 페리 제독의 저서 〈일본원정기(日本遠征期)〉에도 혼욕하는 그림을 볼 수 있습니다. 또 에도 시대만 해도 시아버지의 등을 며느리가 밀어주는 풍경은 보통이었다고 하네요. 지금도 집에서 온 가족이 한 욕조의 물로 차례로 후로(風呂 ふろ 풍로), 즉 목욕하는 풍습이 남아있죠. 혼욕은 막부 시대 수차례 금지령을 내린 적이 있으나 목욕탕을 운영하던 주인들이 말을 듣지 않았다고 합니다. 요즘도 많지는 않지만, 온천마을마다 남녀혼탕이 한군데 정도는 있는데 대개 목욕 수건으로 몸을 가리고 있다고 하니 큰 기대(?)는 하지 마세요.

후로야(風呂屋 ふろや) : 목욕탕
유까따(浴衣 ゆかた) : 일본전통 욕의

049 일본 여행 8) 히로시마에는 전쟁 피해자만 있다?

♣ 히로시마에서 원자폭탄이 떨어진 8월 6일 평화기념식을 하는 것을 보면 전쟁 가해자가 아닌 피해자인 것 같습니다.

제2차 세계 대전 당시 일본은 한국과 대만을 식민지로 하고 중국 일부, 필리핀, 싱가포르, 남태평양 등을 점령했습니다. 일본이 하와이 진주만 공습 후, 베이꼬꾸(米国 べいこく 미국)의 적극 반격으로 일본은 점차 수세에 몰렸으나 고-상(降参 こうさん 항참), 즉 항복은 하지 않았죠. 미국은 전쟁을 빨리 끝내려고 1945년 8월 6일 히로시마(広島 ひろしま 광도), 8월 9일 나가사키(中崎 なかさき 중기)에 겐시바꾸당(原子爆弾 げんしばくだん 원자폭탄)을 투하합니다. 끝까지 버티려던 일본도 원자폭탄의 엄청난 위력 앞에 항복하고 맙니다. 당시 히로시마 징꼬-(人口 じんこう 인구)는 35만 명 정도였는데 5년 후 즉사 자와 후유증으로 죽은 사람이 무려 20여만 명에 이르고 재일한국인의 희생도 2만여 명에 달했습니다. 일본은 매년 8월 6일, 9일을 헤이와(平和 へいわ 평화)의 날로 지정해 평화기념식을 하고, 8월 15일은 종전 기념일이라 하여 또 한 번 평화기념식을 합니다. 8월에만 평화를 3번이나 외치는 일본을 보면 아시아 일대를 전쟁으로 몰고 간 것이 누구인지 본인들은 알지 못하는 것 같습니다.

헤이와껜포-(平和憲法 へいわけんぽう) : 평화헌법

050. 도다이지를 보면 경회루가 아주 작아 보인다?

♣ 세계최대 목조건물인 도다이지를 보면 경회루가 작아 보이는 건 사실입니다.

나라(奈良 なら 나량)의 도나이지(東大寺 とうだいじ 동대사)는 화엄종 대본산으로 745년 쇼-무(聖武 しょうむ 성덕) 천왕의 발원으로 로-벤(良弁 ろうべん 랑변)이 창건했습니다. 동대사의 대불전, 즉 곤도-(金堂 こんどう 금당)는 에도(江戶) 시대에 재건되었는데 높이는 47.5m, 정면 57m, 측면 50m에 달합니다. 반면, 경복궁 경회루는 외국 손님 접대를 위한 장소로 쓰였는데 높이 28m, 정면 34.4m, 측면 28.5m입니다. 경회루는 동대사에 비하면 2/3 정도의 크기에 불과하죠. 금당 안의 비로나자불(毘盧遮那佛)은 앉은키가 16m, 얼굴 크기만 5m에 이르는 불상으로 다이부쯔[大仏 だいぶつ (나라) 대불]로 불립니다. 또 사천왕문 격인 난다이몬(南大門 なんだいもん 남대문)에는 8m의 금강역사가 당당히 버티고 있고 니까쯔도-(二月堂 にがつどう 이월당)에 오르면 대불전과 나라 시내를 한눈에 볼 수 있습니다. 재미있는 것은 사람이 대불전 기둥이 얼마나 큰지 밑동에 뚫린 구멍으로 사람이 통과할 수 있는데 구멍을 통과하면 무병장수한다고 합니다.

야마데라(山寺 やまでら) : 산사 / 붓사쯔(仏刹 ぶっきつ) : 불찰, 사찰
가랑(伽藍 がらん) : 가람 / 다이부쯔(大仏 だいぶつ) : 대불

74

051. 일본 여행 9) 미야지마 신사는 물 위에 세워져 있다?

♣ 미야지마 신사는 밀물일 때 바닷물이 신사 건물 바닥까지 들어옵니다.

미야지마(宮島 みやじま 궁도)는 히로시마(広島) 남서부에 있는 이쓰쿠시마(厳島 いつくしま 엄도)를 통칭해서 부르는 명칭입니다. 미야지마는 593년에 스이코(推古 すいこ 추고) 천왕이 즉위할 때 이츠쿠시마진자(厳島神社 いつくしまじんじゃ 엄도신사)가 세워지면서 명승지로 알려지기 시작했습니다. 현재는 미야기켄(宮木県 みやきけん 궁목현)의 마쓰시마(松島 まつしま 송도), 교토후(京都府 きょうとふ 경도부)의 아마노하시다테(天橋立 あまのはしだて 천교립)와 함께 일본 삼경으로 유명합니다. 이츠쿠시마 신사가 유명한 것은 바다 위에 있는 도리이(鳥居 とりい 조거) 때문입니다. 도리이는 신사 앞에 있는 하늘 천(天) 자 모양의 문으로 이츠쿠시마 신사의 도리이가 바다에 있으니 바다에서 오는 분(?)을 맞이하기 위한 것인가요. 신사의 본 건물도 밀물이 되면 바닷물이 바닥까지 들어오게 지어졌습니다. 흡사 한국의 감은사(感恩寺) 금당 밑에 동해로 향한 구멍을 뚫고 물길을 내, 동해의 용이 물길을 따라 금당에 올 수 있게 한 것과 비슷합니다. 이츠쿠시마 신사 말고도 미야지마는 단풍이 아름다운 모미지다니(紅葉谷 もみじたに 홍엽곡) 단풍계곡에서 하루를 보내는 것도 즐겁습니다.

모미지(紅葉 もみじ) : 단풍 / 고-요-(紅葉 こうよう) : 단풍
모미지가리 [紅葉狩(もみじが)り] : 단풍놀이

052. 도쿄-오사카 야간버스 여행?

♣ 도쿄와 오사카 간에는 심야 야간버스가 있어 이동과 숙박을 동시에 할 수 있습니다.

일본에 온 밧쿠팟카-(Backpacker バックパッカー 배낭여행 여행자)라면 이동시간을 줄이고 숙박비용을 아낄 수 있으면 좋을 겁니다. 도쿄에서는 오사카, 교토, 나라 등으로 가는 야깡바스(夜間 Bus やかんバス 야간버스) 가 있어 편리하게 이용할 수 있습니다. JR 패스가 있으면 무료로 야간버스를 이용할 수 있어 더욱 좋지요. *JR 패스로 이용 가능한 야간버스에 한함. 도쿄(東京)에서 오사카(大阪)로 출발하는 곳은 도쿄역과 신주쿠역 두 군데 입니다. 도쿄역에서 출발하는 것은 드림오사카호, 신주쿠역에서 출발하는 것이 뉴드림오사카호라는 거창한 이름이 붙어있습니다. 여행 성수기에는 야간버스 타기 전에 요야꾸(予約 よやく 예약)를 하는 것이 좋으나 비수기 라면 예약 없이 탈 수도 있습니다. 야간버스는 한국의 우등버스처럼 큰 자세끼(座席 ざせき 좌석)가 있고 뒷자리는 이층 버스 형태로 되어있습니 다. 야간버스에 죠-까꾸(乗客 じょうきゃく 승객)가 다 차면 안내방송이 나오고 버스가 출발하는데 그럼, 좌석을 최대한 뒤로 제치고 잠을 청하면 됩니다. 도쿄에서 오사카 가는 중간에 규-께이쇼(休憩所 きゅうけいしょ 휴게소)에 들려 잠시 쉬는 시간이 있고 아침이면 오사카에 도착합니다.

자세끼오 요야꾸스루[席(ざせき)お 予約(よやく)する]。 좌석을 예약하다.

76

053. 일본 여행 10) 후쿠오카에는 한국어 표지판이 있다?

♣ 후쿠오카 역, 일부 시내 표지판에는 한국어 표기가 되어있습니다.

후쿠오카(福岡 ふくおか 복강)뿐만 아니라 도쿄에도 한국어 표지판이 있어 일본의 변화에 놀라게 됩니다. 이는 2002년 한일월드컵과 2005년 칸니찌 유-죠-(韓日友情 かんにちゆうじょう 한일우정)의 해 겸 한일 공동방문의 해를 거치면서 생겨난 일입니다. 후쿠오카는 메이지(明治 めいじ 명치) 시대에 후쿠오카와 하카다(博多 はかた 박다)가 합쳐졌는데 후쿠오카 기차역 이름이 후쿠오카역이 아니고 하카다 역입니다.

하카다 역

후쿠오카 공항, 한글 표지판

하카다 지역에서는 복합쇼핑가인 카나루시테이-후쿠후카(Canalcity福岡 カナルシティ-ふくおか)에 들리면 온종일 놀 수 있지요. 나카스(中洲 なか す 중주) 지역은 나카강과 하카다 사이에 있는 유흥가로 음식점이 무려

3,500여 개가 몰려 있고 강변에는 포장마차인 야따이(屋台 やたい 옥대)가 친근하게 다가옵니다. 다자이후(大宰府 だざいふ 대재부) 지역은 규슈를 지배하던 지방정부인 다자이후가 있던 곳으로 다자이후덴만구(大宰府天満宮 だざいふてんまんぐう 대재부천만궁)에는 학문의 신 스가와라 미치자네(菅原道真 すがわら-みちざね 관원도진)가 있어 수험 철에 많은 사람이 찾지요. 워터프론트 지역에 있는 높이 234m의 날렵한 후쿠오카 타워도 빼놓으면 안 되겠죠.

마찌까도니 홋또돗꾸노 야따이오 다스[街角(まちかど)に ホットドッグの 屋台(やたい)を 出(だ)す]. 길모퉁이에 핫도그 포장마차를 세웠다.

– 식당 관련 단어
쇼꾸도-(食堂 しょくどう) : 식당
인쇼꾸뗑(飲食店 いんしょくてん) : 음식점
료-리뗑(料理店 りょうりてん) : 요리점
료-리야(料理屋 りょうりや) : 요리점
료-떼이(料亭 りょうてい) : 주로 일본요리를 하는 음식점
깃사뗑(喫茶店 きっさてん) : 커피숍
챠야(茶屋 ちゃや) : 다방
카훼테리아(Cafeteria カフェテリア) : 카페테리아
레스토랑(Restaurant レストラン) : 서양식 식당

054. 일본의 성안에는 아직 새것 같은 조총과 갑옷이 있다?

♣ 일본의 성안에는 아직 새것 같은 조총과 갑옷이 많습니다.

일본의 성(城)은 큰 도시마다 하나씩 있는데 오사카성, 하지메성, 나고야죠-(名古屋城 なごやじょう 명고옥성) 등이 잘 알려졌지요. 성은 영주의 거처이자 죠-쥬-(鳥銃 ちょうじゅう 조총)나 갑옷 같은 부끼(武器 ぶき 무기) 저장소이기도 했습니다. 성안에는 아직 새것 같은 조총과 갑옷이 많이 있어 임진왜란(壬辰倭亂) 때 죠-셍(朝鮮 ちょうせん 조선)이 일본군을 방어하기가 무척 힘들었을 것이라는 짐작을 하게 합니다. 그 무렵 조선에 조총, 즉 화승총이 들어와 있었고 중국에도 화승총이 있어서 임진왜란 때 2만의 화승총부대가 출정했으나 주력은 가따나(刀 かたな 칼)와 화살 같은 재래식(?) 무기였죠. 조선은 조총을 무시했고 일본은 조총을 도입, 발전시킵니다. 조총이 일본에 처음 들어온 것은 1543년으로 규슈 남단 다네가시마(種子(が)島 たねがしま 종자(が)도)에 표류한 포르투갈인으로부터입니다. 당시 영주는 포르투갈인에게 지금 돈으로 1억 엔이라는 거금을 주고 조총 2자루를 사는데 그치지 않고 자신의 무스메(娘 むすめ 딸)까지 포르투갈인에게 주며 조총제조 기술을 배웠습니다. 그 후 조총제조 기술이 일본 전역으로 퍼졌고 1592년 마침내 일본은 대량의 조총을 앞세워 조선에 쳐들어오니 이것이 임진왜란입니다.

겐쥬-(拳銃 けんじゅう) : 권총 / 구-끼쥬-(空気銃 くうきじゅう) : 공기총

055. 일본 여행 11) 구마모토에 은행나무 성이 있다?

♣ 구마모토성은 은행나무 성이라는 별칭이 있습니다.

구마모토죠-(熊本城 くまもとじょう 웅본성)은 임진왜란 때 적장이던 가토-기요마사(加藤淸正 かとう-きよまさ 가등청정)가 1607년 완공했습니다. 성에는 3층 6단의 대천수각과 3층 4단의 소천수각이 있었으나 소천수각은 메이지 시대인 1877년 불타버렸지요. 성안에는 적을 막기 위해 은행나무를 심었는데 이 때문에 구마모토성의 별칭이 긴난죠-(銀杏城 ぎんなんじょう 은행나무 성)입니다. 구마모토성 인근에는 스이젠지코엔(水前寺公園 すいぜんじ 수전사공원), 다이쇼-지(泰勝寺 たいしょうじ 태승사) 등이 있습니다. 스이젠지는 에도 시대 번주인 호소카와 츄-리(細川忠利 ほそかわ-ちゅうり 세천충리)가 자연의 모습에 인공을 가미해 만든 모모야마(桃山)식 회유식 정원입니다. 다이쇼-지는 다츠다(立田 たった 립전) 자연공원 안에 있는 호소카와 가문이 세운 절이고, 다츠다 자연공원 역시 호소카와 가문의 영지였으나 1955년부터 시(市)에 빌려주고 있다고 합니다. 다츠다 자연공원에서 한가롭게 산책을 하고 전통찻집인 고쇼껜(仰松軒 こしょけん 앙송헌)에서 료꾸차(綠茶 りょくちゃ 녹차) 한잔하는 것도 좋겠죠. 구마모토에서 기차로 1시간 20분 거리에 있는 기꾸찌온센(菊地温泉 きくちおんせん 국지온천)에서 여행 피로를 풀어보면 더욱 좋고요.

오챠꾸미오 스루[お茶(ちゃ)くみを する]。차를 대접하다.

056. 아소산에서는 아직 흰 연기가 몽실몽실?

♣ 활화산인 아소산은 요즘도 흰색의 수증기를 내뿜고 있습니다.

아소산(阿蘇山 あそさん 아소산)은 구마모토현과 오이타켄(大分県 おおいた 대분현) 사이에 있습니다. 높이가 해발 1,592m에 달하나 기차나 버스로 서서히 접근하기 때문에 그리 높은 것을 느끼지 못합니다. 아소산은 세계 최대의 칼데라이자 두 개의 화산이 겹쳐있는 복식화산인데 1934년 일본 최초의 고꾸리쯔꼬-엔(国立公園 こくりつこうえん 국립공원)으로 지정되었 습니다. 칼데라는 가잔(火山 かざん 화산)이 폭발한 후 생긴 분화구. 아소 산의 중심인 나까다께(中岳 なかたけ 중악)까지는 케이블카를 이용해 오를 수 있습니다. 나까다께에 서면 유황 냄새가 하나(鼻 はな 비), 즉 코를 찌 르고 곳곳에 분출되는 스이죠-끼(水蒸気 すいじょうき 수증기)를 볼 수 있 습니다. 내려올 때는 케이블카 대신 잘 만들어진 나무계단을 이용해도 좋 습니다. 산 아래 휴게소에는 아소 평원에서 기른 젖소에서 생산된 청정 규-뉴-(牛乳 ぎゅうにゅう 우유)를 맛볼 수도 있지요. 아소산 주변에는 제 주도처럼 조랑말을 타는 곳도 있고 겨울에는 스키를 탈 수 있는 등 다양 한 놀거리가 있습니다. 아소산 아래 온천마을인 아소우치노마키온센(阿蘇 内牧温泉 あそうちのまき 아소내목온천)에서 피로를 풀어도 좋지요.

가잔가 가쯔도-시데이루[火山(かざん)が 活動(かつどう)している]。
화산이 활동하고 있다.

057. 일본 여행 12) 벳푸에는 한 집 건너 온천이 있다?

♣ 온천 도시 벳푸에는 한 집 건너 온천이 있을 정도로 온천이 많습니다.

벳푸(別府 べっふ 별부)는 오이타현(大分県)에 있는 온천 도시입니다. 벳푸의 하마와키(浜脇 はまわき 빈협), 벳푸, 간카이지(観海寺 かんかいじ 관해사), 묘-반(明礬 みょうばん 명반), 간나와(鐵輪 かんなわ 철륜), 시바세키(柴石 しばせき 시석), 호리타(堀田 ほりた 굴전), 가메가와(亀川 かめかわ 구천) 등의 8개의 온천마을을 통칭해서 벳푸 하찌유(別府八湯 べっふはちゆ 벳푸팔탕)라고 부릅니다. 실제 벳푸역에 내리면 곳곳에 온천이 있어 수증기 올라는 것이 볼일 정도입니다. 벳푸 온천여행의 핵심은 지고꾸메구리[地獄(じごく) 巡(めぐ)り 지옥순례라 할 수 있습니다. 지옥순례 코스에는 비다지옥인 우미(海 うみ 해) 지고꾸, 피연못 지옥인 치노이께[血(ち)の池(いけ) 혈지] 지고꾸, 스님 지옥인 오니이시이께보-즈(鬼石坊主池 おにいしいけぼうず 귀석방주지) 지고꾸, 산 지옥인 야마(山 やま 산) 지고꾸, 부뚜막 지옥이 카마도(カマド) 지고꾸, 금룡 지옥인 긴류(金龍 きんりゅう 금룡) 지고꾸, 도깨비 지옥인 오니야마(鬼山 おにやま 구산) 지고꾸, 흰 연못 지옥인 시라이께(白池 しらいけ 백지) 지고꾸, 소용돌이 지옥인 다쓰마키(龍まき たつまき 용) 지고꾸, 대머리 지옥인 혼보-즈(本坊主 ほんぼうず 본방주) 지고꾸 등이 있습니다.

고-쯔-지고꾸(交通地獄 こうつうじごく) : 교통지옥

058. 다나카씨 온천에는 남녀 온천 하는 소리까지 들린다?

♣ 벳푸의 소규모 개인 온천은 남탕과 여탕의 벽을 판자(?)로 막아 온천욕 하는 남녀의 목소리가 다 들립니다.

온천마을에 있는 료깡(旅館 りょかん 여관)의 온천탕에 가면 매일 남탕과 여탕이 바뀝니다. 오도꼬온나(男女 おとこおんな 남녀)의 기(気 き 기) 순환을 위해서라고 합니다. 가끔 한국 분들이 전날 갔던 오도꼬유(男湯 おと こゆ 남탕)만 생각하고 갔다가 탈의실의 벌거벗은 여인을 보고 기겁하기 도 하지요. 남탕이 온나유(女湯 おんなゆ 여탕)로 바꿨으니까요.

옛날 온천탕

남탕

속이 검은 사람은 아예 남녀혼탕을 찾아가기도 하는데 젊은 사람은 거의 없고 나이든 오바아상[お祖母(ばあ)さん 할머니], 오지이상[お爺(じい)さん 할아버지]만 있는 경우가 많지요. 간혹 젊은 남녀가 있는 경우에도 대부분

데누구이[手(て)拭(ぬぐ)い 수건]로 몸을 가리고 있으니 그림의 떡(?)이겠지요. 벳푸같이 온천이 많은 곳에서는 개인 집에서 온천영업을 하는 경우가 있는데 그런 곳에는 탕 하나를 이따(板 いた 판자)로 나누어 한쪽은 남탕, 한쪽은 여탕으로 이용합니다. 탕은 옆 탕하고만 나뉘어 있지 천정은 하나로 연결되어 있어서 남녀 탕에서 목욕하고 말하는 목소리가 다 들리지요. 별 상상은 하지 마세요. 물 끼얹는 소리만 들리니까요.

온센니 도-지니 이꾸[温泉(おんせん)に 湯治(とうじ)に 行(い)く]。
온천에 치유하러 가다.

- 온천 관련 단어
온센가이(温泉街 おんせんがい) : 온천가
온센료깡(温泉旅館 おんせんりょかん) : 온천여관
온센료-호-(温泉療法 おんせんりょうほう) : 온천요법
도-지(湯治 とうじ) : 탕치, 온천 치료.
도-지갸꾸(湯治客 とうじきゃく) : 탕치객(온천객)
도-지바(湯治場 とうじば) : 탕치장, 온천탕
온센가꾸(温泉学 おんせんがく) : 온천학
유까따(浴衣 ゆかた) : 일식 목욕가운
유(湯 ゆ) : 탕
온센미즈(温泉水 おんせんみず) : 온천물

059. 일본 여행 13) 하코네와 닛코, 어디가 더 멋질까?

♣ 하코네는 화산 계곡과 호수, 닛코는 동조궁과 신사, 호수, 폭포가 있어 어느 곳이 더 멋지다고 말할 수 없습니다.

하코네(箱根 はこね 상근)는 도쿄 남서쪽 가나가와켄(神奈川県 かなかわけん 신내천현)에 있습니다. 1619년 에도 막부는 하코네에 세키쇼(関所 せきしょ 관소), 즉 관문이 세워, 하코네 서쪽 영주들이 에도를 함부로 넘보지 못했죠. 보통 하코네 여행코스는 하코네유모토(箱根湯本 はこね-ゆもと 상근탕본)에서 등산 기차를 타고 고라(強羅 こら 강라)에 간 뒤, 화산 계곡인 오-와꾸다니(大通谷 おおわくたに 대통곡)로 내려와 아시노꼬[芦(あし)ノ湖(こ) 호ノ회]에서 유람선을 타는 것입니다. 등산 기차는 급경사를 오르기 위해 시계추처럼 앞뒤로 스위치백(Switchback) 운행을 합니다. 닛코-(日光 にっこう 일광)는 북동쪽인 도치기켄(栃木県 とちきけん 회목현)에 있습니다. 도쿠가와 이에야스(德河家康)의 위패를 모신 도-쇼-구-(東照宮 とうしょうぐう 동조궁)으로 유명하죠. 동조궁 주변에는 후타라산진자(二荒山神社 ふたらさんじんじゃ 이황산신사), 린노지(輪王寺 りんのうじ 륜왕사) 등 유서 깊은 신사나 절이 많습니다. 동조궁 위쪽으로는 산정 호수인 주-젠지꼬(中禅寺湖 ちゅうぜんじこ 중선사호)와 시원한 물줄기를 자랑하는 게곤노타키(華厳滝 けごんのたき 화엄롱) 폭포가 아름답습니다.

꼬(湖 こ) : 호수 / 다니(谷 たに) : 계곡

060. 한국 여대생 마사지는 뭘까?

♣ 일부 마사지 가게에서 색다른 분위기를 강조하기 위해 한국, 타이완, 홍콩 여대생 마사지라는 이름을 붙여 광고하고 있습니다.

일본 유흥가를 지나가다 보면 '한국 여대생 마사지'라는 고-꼬꾸(広告 こうこく 광고)를 볼 수 있습니다. 한국 밑에는 타이완, 홍콩 마사지라는 것이 양념처럼 따라붙습니다. 원래 건강을 위한 맛사-지(Massage マッサージ)가 요즘은 음침한 이미지로 변해 한국 여대생이란 문구가 좋아 보이지 않습니다. 마사지는 일본말로 하면 안마(按摩 あんま 안마)로 한국어 발음과 거의 같고 중국어 발음은 안머(按摩)라고 합니다. 아카사카(赤坂 あかさか 적판) 유흥가에는 진짜 한국 사람(?)이 서비스하는 구라브(Club 클럽)가 있지만, 분위기는 한국과 매우 다릅니다. 술자리 대화 상대를 하는 것으로 괜한 상상을 해선 곤란하지요. 무엇보다 고급 유흥가인 아카사카 클럽에는 보통 슈-뉴-(収入 しゅうにゅう 수입)가 좋지 않고서는 가기 힘듭니다. 일본 류-가꾸세이(留学生 りゅうがくせい 유학생) 등에는 신문 배달이나 식당에 서빙을 하는 등 건전한 아루바이또(Arbeit アルバイト 아르바이트)하는 사람이 많지만, 일부는 불건전한 쪽으로 빠지는 수도 있죠. 타국에서 위험한 아르바이트보다 땀 흘리는 아르바이트가 좋겠죠.

쇼뗑데 아루바이또스루[書店(しょてん)で アルバイトする]。
서점에서 아르바이트하다.

061. 일본 여행 14) 센다이에는 송도가 있다?

♣ 센다이에는 일본 3경에 속하는 마쓰시마, 즉 송도가 있습니다.

센다이(仙台 せんだい 선대)는 혼슈(本州 ほんしゅ 본주) 동북쪽 미야기켄(宮城県 みやぎけん 궁성현)에 있습니다. 흔히 도호쿠(東北 とうほく 동북) 최대의 도시라 불리죠. 인근에는 일본 3경 중의 하나인 마쓰시마(松島 まつしま 송도)가 있습니다. 센다이는 17세기 초 다테 마사무네(伊達政宗 だて-まさむね 이달정종)가 아오바죠-(青葉城 あおばじょう 청엽성)을 쌓으며 발전하기 시작했습니다. 현재 아오바성 주변은 공원으로 조성되어 있고 아오바 성터에서 내려다보는 센다이 조망이 일품입니다. 센다이 역 인근에 다테 마사무네의 묘소인 즈이호덴(瑞鳳殿 ずいほうてん 서봉전)이 있는데 화려한 장식을 자랑합니다. 마쓰시마는 다도해처럼 점점이 떠 있는 섬들을 보는 것임으로 기차를 타기보다 연락선을 타고 가는 것이 좋습니다. 마쓰시마에는 다테 가문의 신사인 오사키하치만구(大崎八幡宮 おおさきはちまんぐう 대기팔번궁), 828년 창건된 즈이간지(瑞巌寺 ずいがんじ 서암사), 다테 가문의 절인 린노지(輪王寺 りんのうじ 륜왕사), 마쓰시마의 상징인 고다이도-(五大堂 ごだいどう 오대당) 정자 등을 볼 수 있습니다.

아오바죠-까라 센다이노 시가이오 죠-보-스루[青葉城(あおばじょう)から 仙台(せんだい)の 市街(しがい)を 眺望(ちょうぼう)する].
아오바 성에서 센다이의 시가를 조망한다.

062. 킨가꾸지는 정말 금으로 만든 것일까?

♣ 교토의 킨가꾸지는 금박을 입힌 사찰입니다.

킨가꾸지(金閣寺 きんかくじ 금각사)는 1398년 무로마치바꾸후(室町幕府 むろまちばくふ 실정막부) 3대 장군인 아시카가 요시미쓰(足利義滿 あしか が-よしみつ 족리의만)의 별장으로 지어졌습니다. 그가 죽은 뒤, 유언에 따라 로꾸온지(鹿苑寺 ろくおんじ 녹원사)라는 선종 사찰이 되었습니다. 녹원사 내 3층 건물이 킨가꾸(金閣 きんかく 금각)여서, 금각사라 불립니다. 금각사는 층마다 건축양식이 다른데 1층은 후지와라(藤原 ふじわら 등원), 2층은 가마쿠라(鎌倉 かまくら 겸창), 3층은 당대(唐代) 양식으로 되어있습니다. 애석하게 1950년 방화로 소실된 뒤, 현재 모습으로 재건되었습니다. 그런데 금각사가 금박을 입혔다면 긴가쿠지(銀閣寺 ぎんかくじ 은각사)는 은을 입혔을까요? 정답은 아니오! 은각사는 은박으로 되어있지 않습니다. 은각사는 1482년 무로마치 막부 8대 장군인 아시카가 요시마사(足利 義政 あしかが-よしまさ 족리의정)가 산장으로 지었다가 죽은 뒤, 지쇼-지(慈照寺 じしょうじ 자조사)라는 선종 사찰이 되었습니다. 은각사라는 이름은 간농뎅(観音殿 かんのんてん 관음전)에 은박을 입히려고 계획한 것에 따른 것이나 실제 은박은 입혀지지 않았습니다.

히까루 모노 가나라즈시모 긴나라즈[光(ひか)る もの 必(かなら)ずしも 金(きん)ならず]. 빛나는 것 모두가 금은 아니다.

063. 일본 여행 15) 아오모리에서는 사과가 맛나다?

♣ 동일본에 있는 아오모리는 일교차가 커, 사과가 맛있습니다.

한국에서 팔리는 링고(りんご 사과) 중에 아오리(あおり) 사과가 있습니다. 아마 '아오이[青(あお)い 파랗다, 푸르대'란 말에 연유한 이름인 듯합니다. 실제는 파랗지 않고 연녹색! 아오리 사과는 아오모리(青森 あおもり 청삼) 사과 시험장에서 골든 데리셔스와 홍옥 품종을 교배시켜 만든 것으로 아오리 2호라고 불리다가 쓰가루(津輕 つかる)라는 정식명칭을 얻었습니다. 쓰가루는 홋카이도(北海道)를 마주하는 해협 이름이자, 아오모리에 있는 반도 이름이기도 합니다. 하지만 현재 쓰가루라는 이름 대신 아오리라는 이름으로 불리고 있습니다. 아오모리는 일본 동북단에 있고 일본 철도와 국도의 종점으로 여겨집니다. 수산물과 사과 같은 농산물로 유명한 곳이기도 하죠. 아오모리에서는 아사무시온센(浅虫温泉 あきむしおんせん 천충온천), 산정 호수인 도와다꼬(十和田湖 とわだこ 십화다호), 스키장이 있는 핫코-다산(八甲田山 はっこうださん) 등을 둘러보면 좋지요. 아오모리와 홋카이도 하코다테(函館 はこだて 함관)를 잇는 세이칸(青函 せいかん 청함) 해저터널이 완공되기 전에는 홋카이도로 향하던 세이칸 연락선이 다니기도 했습니다.

링고(りんご) : 사과. *중국어, 핑구워(苹果) 사과
나시(ナシ) : (과일) 배

064. 히치하이킹을 해보면 마음 따스한 일본 사람을 만날 수 있다?

♣ 히치하이킹을 해보니 마음 따스한 일본 사람을 만날 수 있었습니다.

힛치하이쿤(Hitchhiking ヒッチハイクン 히치하이킹)은 자동차를 얻어 타고 여행하는 것을 말합니다. 일본 료꼬-(旅行 りょこう 여행) 중 도시에서는 히치하이킹을 할 수는 없지만, 시골이나 교통수단이 드문 곳에서 바스(Bus バス 버스)나 기샤(汽車 きしゃ 기차)가 끊어졌을 때 시도해볼 만합니다. 시골이나 교통수단 드문 곳에서는 현지인이 여행자가 다른 교통수단을 이용할 수 없다는 것을 알기 때문에 기꺼이 자동차를 세워줍니다. 나에게 차를 태워준 일본 사람은 처음엔 여행 중인 캉고꾸진(韓国人 かんこくじん 한국인)이란 것을 알고 놀랐지만, 이내 한국에 대한 경험을 이야기하며 관심을 보여주었습니다. 이런저런 이야기를 하다 보면 버스정류장이나 에끼(駅 えき 역)에서 내려야 하는데 아예 목적지까지 데려다주는 분들도 있죠. 히치하이킹 같은 우연한 만남으로 한국인이나 일본인이 서로 헹껭(偏見 へんけん 편견)을 버리고 따스한 마음을 나눌 수 있는 계기가 되었으면 합니다. *단, 여성 분은 히치하이킹을 권하지 않습니다.

카노죠와 고노 나쯔와 요-롯파오 다비시데이루[彼女(かのじょ)は この 夏(なつ)は ヨーロッパを 旅(たび)している]. 그녀는 이 여름에 유럽을 여행하고 있다.

065. 일본 여행 16) 하코다테의 밤에는 오각형별 뜬다?

♣ 늦은 밤 하코다테산에 오르면 빛나는 오각형별을 볼 수 있습니다.

하코다테(函館 はこだて 함관)는 홋카이도(北海道)의 입구로 1854년 일미
화친조약에 따라 일본 최초로 개항한 곳 중 하나입니다. 에도 시대 이후
홋카이도의 행정청이 있었으나 1871년 삿포로(札幌 さつほろ 찰황)로 이
전하였습니다. 이런 역사적 배경으로 모토마찌(元町 もとまち 원정) 지역에
는 구 하코다테공회당, 구 영국대사관, 하리스토스정교회(ハリストス正教
会) 등이 옛 서양 건물들이 많이 남아있습니다. 항구 쪽으로 가면 갖가지
생선을 파는 아사이찌(朝市 あさいち 조시), 옛 아카렝까(赤煉瓦 적벽돌)
창고를 개조한 비어홀, 쇼핑센터 등이 볼만합니다. 늦은 밤 334m의 하코
다테산에 오르면 조명이 밝혀진 고료-까꾸(五稜郭 ごりょうかく 오릉곽)가
오각형 별로 떠오르지요. 고료-까꾸는 에도 시대에 세워진 최초의 서양식
성으로 러시아의 공격을 막기 위해 건설되었습니다. 최근 98m에 달하는
고료까꾸 전망대가 세워져 공중에서 고료까꾸와 확 트인 바다를 조망할
수 있습니다. 이처럼 하코다테산에서 바라보는 야경은 홍콩, 나폴리와 함
께 세계 3대 야경 또는 백만 불짜리 야경이라고 합니다.

소노 가이께이가 호시노 요-나 고료-교-오 시데이루[その 外形(がいけい)
が 星(ほし)의 ような 五稜形(ごりょうぎょう)을 している].
그 외형이 별 같은 오각형을 하고 있다.

066. 유스호스텔 안에 공동 목욕탕이 있다?

♣ 일부 유스호스텔 안에 공동 목욕탕이 있어 여행의 피로를 풀 수 있습니다.

일본의 공중목욕탕을 센토-(洗湯 せんとう 세탕)라고 하고 공중목욕탕 안의 탕을 유(湯 ゆ)라고 합니다. 그런데 유-스호스테루(Youth hostel ユースホステル 유스호스텔)에도 일본 사람의 필수(?)인 공동 목욕탕이 있습니다. 탕에 들어갈 때 일본 사람이라면 데누구이[手拭(てぬぐ)い 수건]로 거시기를 가리겠지만, 공동 목욕탕에서 만난 서양인은 거시기를 덜렁거리며 탕 속을 들어갔다 나왔다 합니다. 목욕을 마치고 프런트에 물어보니 이곳에는 오도꼬유(男湯 おとこゆ 남탕)만 있는 것이 아니라 온나유(女湯 おんなゆ 여탕)도 있다고. 일본에는 여행자를 위한 유스호스텔이 많아 가는 곳마다 편리하게 이용할 수 있습니다. 유스호스텔 관계자들은 대개 에이고(英語 えいご 영어)를 하니 니혼고(日本語 にほんご 일본어)를 모르는 사람일지라도 쉽게 여행이나 다베모노[食(た)べ物(もの) 음식] 정보 등을 얻을 수 있습니다. 또한, 도-미토리-(Dormitory ド-ミトリ-)는 방 안에 여러 2층 침대를 두고 그중 한 침대를 쓰는 것으로 가격이 저렴합니다.

세이쇼-렌노 겐젱나 료꼬-오 모꾸데끼니 모우게라레따[靑少年(せいしょうねん)の 健全(けんぜん)な 旅行(りょこう)を 目的(もくてき)に して 設(もう)けられた]。 청소년의 건전한 여행을 목적으로 하여 설립되었다.

067. 일본 여행 17) 삿포로 가는 길?

♣ 기차 타고 하코다테를 거쳐 홋카이도의 중심도시인 삿포로로 갈 수 있습니다.

도쿄나 오사카에서 국내선 타고 삿포로 공항에 도착하는 게 가장 편리하지만, 기차 타고 하코다테 거쳐 삿포로 가는 것도 재미있습니다. 삿포로 (札幌 さっぽろ 찰황)는 원래 아이누족이 살던 땅으로 1869년 개척하기 시작했습니다. 삿포로 농과대학에는 개척기 때 교수로 근무했던 클라크 박사의 동상이 세워져 있습니다. 그는 "소년이여 야망을 가져라(Boys, be ambitious)"라는 유명한 말을 했지요. 홋카이도 대학 입구에서 아카렝까 (赤レンガ あかレンガ 적벽돌)로 지은 구홋카이도청사를 보고 삿포로를 동서로 관통하는 오도리꼬엔(大通公園 おおとりこうえん 대통공원)으로 갑니다. 이곳에 있는 옛 서양 건물인 도께이다이(時計台 どけいたい 시계탑)과 TV 타워는 삿포로 시민들의 야꾸소꾸(約束 やくそく 약속) 장소로 유명하지요. 매년 2월경에는 유끼오 마쓰리[雪(ゆき) お祭(まつ)り 눈 축제]가 벌어져 세계 관광객들을 유혹하기도 합니다. 삿포로는 청정지역으로 신선한 유제품과 좋은 물로 생산된 삿포로 비-르(Beer ビール 맥주), 삿포로에서 시작된 미소라멘(味噌ラーメン みそラーメン 된장라면)을 먹어보는 것도 즐겁습니다.

미소라멘(味噌ラーメン みそラーメン) : 된장라면

068. 일본에는 국철과 사철이 있다?

♣ 일본 철도는 국철인 JR과 사철로 나누어집니다.

JR(Japan railway ジェーアール)은 일본 사람들이 고꾸테쯔(国鉄 こくて
つ 국철)라 부르고 있지만, 엄밀히 말하면 우리의 철도공사쯤 되는 가이샤
(会社 がいしゃ 회사)입니다. JR은 6개 개별회사로 되어있는데 JR 북해도
는 홋카이도지역, JR 동일본은 동북지방과 수도권, JR 동해는 중부 나고
야(名古屋 なごや 명고옥) 지구, JR 서일본은 서일본지방, JR 사국은 시코
쿠(四国 しこく 사국), JR 구주는 규슈-(九州 くゆしゅう 구주) 지역을 담
당하고 있습니다. 사철은 시떼쯔(私鉄 してつ)라 불리고 도쿄, 간사이(関西
かんさい 관서), 규슈 지역 등을 운행하는 16개 회사 있습니다. 도쿄 전철
중에도 국철인 야마노테센(山手線 산수선)과 츄오센(中央線 중앙선), 게이
요-센(京葉線 경엽선), 사이쿄센(埼京線 기경선) 등이 있고, 사철 전철은
오다큐-센(小田急線 소전급선), 게이요센(京王線 경왕선), 도-큐-센(東急線
동급선), 세이부센(西武線 서무선), 토-부센(東武線 동무선) 등이 있습니다.
전철 외일종의 사철인 치까테쓰(地下鉄 ちかてつ 지하철)가 따로 있는데
에이단(営団 영단), 도에이단(都営団 도영단) 등 두 회사가 운영하는 긴자
센(銀座線 은좌선), 마루노우치센(丸の内線 환내선), 도자이센(東西線 동서
선), 아사쿠사센(浅草線 천초선) 등이 있습니다.

제-아-르(JR ジェーアル) : JR, Japan railway

94

069. 일본 여행 18) 오타루에서는 러브레터를 써야 한다?

♣ 오타루는 영화 〈러브레터〉의 촬영지로 유명한 곳입니다.

오타루(小樽 おたる 소준)는 1872년 최초로 항구를 개설해 많은 기업과 은행이 진출해 기타노 웨-루(北の ウォール 북부의 월가)로 불릴 만큼 발전했습니다. 현재는 오타루 웅가(運河 うんが 운하) 가에 있는 옛 창고들이 유리세공점이나 레스토랑, 오르골 전시장 등으로 개조되어 많은 관광객을 불러들이고 있습니다. 오르고-루(Orgel オルゴール)는 뮤직박스라고도 하며 태엽에 의해 자동으로 옹가꾸(音楽 おんがく 음악)가 연주되는 하꼬(箱 はこ 상자)를 말합니다. 오타루 운하 뒤로는 나지막한 언덕들이 있어 예전에는 오타루를 언덕의 도시(丘の都)라고 불렀습니다. 가파른 언덕을 지고꾸자카(地獄坂 じごくざか 지옥판), 즉 지옥 언덕, 급커브 길을 후나미자카(船見坂 ふなみざか 선견판)라고 합니다. 오타루의 가파른 언덕을 올라가면 뎅구야마(天狗山 てんぐやま 천구산)가 있어 오타루 전망이 한눈에 보이고 겨울에는 스키장도 운영됩니다. 오타루는 이와이 슌지(岩井俊二 いわいしゅんじ) 감독의 영화 〈라부레타-(Love letter ラブレター 러브레터)〉의 무대로도 유명해서 영화 속 주인공이 살았던 집이나 뵤-인(病院 びょういん 병원) 등을 둘러봐도 좋습니다.

오겡끼데스까[お元気(げんき)ですか]? 잘 지내세요?
와타시와 겡끼데스[私(わたし)は 元気(げんき)です]。 나는 잘 지내요.

070. 한국 여행객은 묻고 일본 여행객은 묻지 않는다?

♣ 일본에 간 한국 여행자는 곧잘 묻는데 한국에 온 일본 여행자는 잘 묻지 않습니다.

2006년 일본 캉꼬-비자(観光Visa かんこうビザ 관광비자)가 면제된 후, 한국인이 일본 여행을 많이 하고 있습니다. 2010년대에는 여러 가꾸야스고-꾸-(格安航空 かくやすこうくう 격안항공), 즉 저가항공이 생겨 부담 없이 일본을 방문할 수 있게 되었죠. 가이샤인(会社員 がいしゃいん 회사원)이나 젊은 사람들은 1박 3일짜리 요르 오바께[夜 よる お化(ば)け 밤도깨비]라는 이름의 심야 항공 상품을 이용해 지깐(時間 じかん 시간)을 절약하고 있기도 합니다. 일본을 여행하는 한국 사람은 여행 가이드북을 보고 다니기도 하지만, 미쳐 설명이 부족한 것은 일본 사람에게 잘 묻는 편입니다. 이에 반해 한국에 온 일본 사람은 여행 가이드북을 보고 다닐 뿐, 좀처럼 한국 사람에게 묻는 법이 없습니다. 아마 '남에게 폐를 끼치지 마라' 하는 일본 교육이 영향을 끼친 것으로 생각해 봅니다. 일본 사람은 길을 묻는 한국 여행자에게 신세쓰(親切 しんせつ 친절)를 보여주는데 한국 사람은 일본 여행자가 길을 묻지 않으니 친절을 보여줄 수 없어 안타깝습니다. 한국에서 헤매는 일본 여행객에게 먼저 다가가도 좋을 듯.

신주쿠헤 이꾸 미찌데 카노죠니 앗따[新宿(しんじゅく)へ 行(い)く 道(みち)で 彼女(かのじょ)に 会(あ)った]. 신주쿠 가는 길에 그녀를 만났다.

071. 일본 여행 19) 노보리베츠에서 금빛 여우를 볼 수 있다?

♣ 자연이 잘 보존된 노보리베츠에는 간혹 야생 금빛 여우를 볼 수 있습니다.

노보리베츠(登別 のぼりべつ 등별)는 일본 3대 온천 중의 하나로 황화수소천, 식염천, 철천 등 10여 종류의 온천이 있습니다. 먼저 온천가를 따라 산으로 들어가면 유황 가스 냄새가 코를 찌르는 지고꾸다니(地獄谷 じごくたに 지옥곡)가 나타납니다. 지고꾸다니는 지름이 450m에 달하는 화산분화구로 계곡에서 분당 3,000ℓ의 온천수를 내보내고 있다고 합니다.

노보리베츠 지고쿠다니

금빛 여우

노보리베츠는 시꼬쓰도-야(支笏洞爺 しこつとうや 지흘동야) 국립공원에 속해 주위가 원시림으로 둘러싸여 있습니다. 간혹 야생 금빛 기쯔네(狐 きつ

ね 호), 즉 여우가 먹이를 찾아 사람에게 다가오기도 하지요. 인근 쿠마보쿠죠-(熊牧場 くまぼくじょう 웅 목장), 즉 곰 목장에서는 반달곰을 모아 기르고 있기도 합니다. 노보리베츠에서 인근 도야(洞爺)에 가면 둘레가 약 40km에 달하는 칼데라 호수인 도야꼬(洞爺湖 とうやこ 동야호)가 있습니다. 너무 커 바다가 아닐까 하는 생각이 들 정도. 도야꼬 남쪽에는 우스잔(有珠山 うすざん 유주산)과 쇼-와신잔(昭和新山 しょうわしんざん 소화신산)이 있어 케이블카로 정상에 오를 수 있습니다.

쿠마노 가와[熊(くま)の 皮(かわ)] : 곰가죽
쿠마노 단이[熊(くま)の 胆(たん)い] : 웅담

III. 일본 문화 속으로

072. 사무라이는 한국의 싸울 아비일까?

♣ 사무라이라는 말은 한국의 싸울 아비에서 왔다는 설이 있습니다.

일본 무사를 사무라이(侍 さむらい 시)라고 하는데 시(侍) 자는 '모실 시'로 '귀인을 모신다'는 뜻입니다. 한편에서는 사무라이라는 말이 구다라(百濟 くだら 백제)의 '무사(武士), 무부(武夫)'를 뜻하던 '싸울 아비'에서 유래되었다고 합니다. 싸울은 '싸움, 센소-(戰爭 せんそう 전쟁)', 아비는 '아버지, 남자'를 뜻해 싸울 아비는 '싸우는 남자'가 됩니다. 사무라이는 헤이안(平安 へいあん 평안) 시대 이후 지도층이 경호를 위해 무사를 둔 것에서 시작되었습니다. 에도(江戶) 시대에는 막부의 신하 중에 쇼-군(將軍 しょうぐん 장군) 직속으로 만석 이하의 무사인 하타모토(旗本 はたもと 기본)를 가리켰습니다. 또 번주의 가신 중에서도 사무라이와 보병인 아시가루(足輕 あしがる 족경)의 중간인 쥬-고쇼-(中小姓 ちゅうごしょう 중소성) 이상을 사무라이라고 했습니다. 에도 시대에 들어 사무라이, 농부, 공인, 상인 등 사농공상의 사회계급이 자리 잡혔습니다. 사무라이가 사람들의 두려움의 대상인 된 것은 사무라이에게 무례한 사람을 즉결 심판할 수 있는 기리스떼고멘[切(き)り捨(す)て御免(ごめん)]이라는 권리가 있었기 때문입니다.

아이쯔와 오오시따 사무이다요[あいつは 大(おお)した 侍(さむらい)だよ]。
그는 진짜 용기 있는 남자다.

073. 추억의 일본의 영화 1) 라쇼몽, 세계 영화의 규범이 되다?

♣ 라쇼몽는 독특한 이야기 구조로 세계 영화의 규범이 되었습니다.

영화 <라쇼몽>

에이가(映画 えいが 영화) <라쇼-몽(羅生門 らしょうもん) 라생문)은 아쿠타가와 류노스케(芥川龍之介 あくたがわ-りゅうのすけ 개천용지개)의 소설 <라쇼몽>과 <숲속에서> 두 작품을 각색한 것입니다. 아쿠타가와는 훗날 신인 소설가에게 주는 아쿠타가와 상의 이름으로 쓰이기도 합니다. 구로사와 아키라(黒沢明 くろさわ-あきら 흑택명) 감독이 각색과 감독한 <라쇼-몽>은 1951년 베니스 영화제 황금사자상과 1952년 아카데미 외국어영화상을 수상했습니다. <라쇼-몽>은 허름한 집에 방랑자, 수도승, 나무꾼이 만나면서 시작됩니다. 나무꾼은 우연히 한 오도꼬(男 おとこ 남자)의 시체를 보고 관아에 고발했는데 도-조꾸(盗賊 とうぞく 도적) 타조마루가 잡혀 쉽게 사건이 해결되는 듯합니다. 타지오마루의 진술에 반해, 도망갔던 부인이 나타나 다른 진술을 하고 이들을 훔쳐본 나무꾼이 또 다른 진술을 하면서 지껭(事件 じけん 사건)이 꼬여갑니다. <라쇼몽>처럼 얽히고설킨 구조는 현대 영화에서 즐겨 쓰는 기법이 되죠.

니꾸다이노 요꾸보-니 모에루[体(にくたい)の 欲望(よくぼう)に 燃(も)える]。
육체의 욕망이 불타오르다.

074. 한국에 임권택 감독, 일본에는 구로사와 아키라 감독?

♣ 구로사와 아키라 감독은 일찍이 베니스 영화제 황금사자상을 받으며 일본의 대표 감독이 되었습니다.

구로사와 아키라(黒沢明 くろさわ-あきら 흑택명) 감독은 대표작인 〈라쇼몽〉을 비롯해 〈7인의 사무라이(七人の 侍 しちにんの さむらい)〉, 〈붉은 수염(赤ひげ あかひげ)〉, 〈보디가드(用心棒 ようじんぼう 용심봉)〉, 〈가게무샤(影武者 かげむしゃ 영무자)〉 등 많은 작품이 있습니다. 이들 작품으로 베니스, 베를린, 칸 영화제에서 수상하였고 1990년에는 아카데미 평생 공로상으로 받기도 했습니다. 〈라쇼몽〉이 베니스 영화제에서 황금사자상을 받은 계기로 일본 영화가 세까이(世界 せかい 세계)로 수출되는 계기가 되었습니다. 〈7인의 사무라이〉는 미국에서 〈황야의 7인(The Magnificent Seven)〉이라는 카우보이 영화로 재탄생하기도 했지요. 구로사와 아키라 감독은 자신의 사꾸힝(作品 さくひん 작품)에서 호쾌한 액션과 휴머니즘을 보여주었습니다. 〈붉은 수염〉 이후에는 완벽주의 세-까꾸(性格 せいかく 성격) 때문에 긴 제작 기간에 많은 제작비를 소비해 영화사의 기피 대상이 되기도 했지요. 이 때문에 프랑스, 미국 등과 〈란(乱 らん)〉, 〈유메(夢 ゆめ 몽)〉 같은 합작 영화를 만들기도 했습니다.

에이가(映画 えいが) : 영화 / 엥게끼(演劇 えんげき) : 연극

075. 추억의 일본 영화 2) 하나비, 개그맨이 만든 영화면 어때?

♣ 하나비는 일본 개그맨인 기타노 다케시가 감독한 영화입니다.

〈하나비(花火 はなび 화화)〉는 '불꽃놀이'를 뜻이지만, 여기서는 하나(花 は
な)가 '주인공 니시와 주변 사람들의 삶과 사랑', 비(火 び)가 '폭력과 죽
음'을 상징한다고 합니다. 일본 코미디언 겸 감독 기타노 다케시(北野武
きたの-たけし 북야무)는 〈하나비〉로 제54회 베니스 영화제에서 황금사자
상을 받았습니다. 〈하나비〉는 일본 영화 최초로 캉고쿠(韓国 かんこく 한
국)에서 공식 상영되기도 했죠. 줄거리는 딸을 잃고 불치병 쓰마(妻 つま
아내)가 있는 게이지(刑事 けいじ 형사) 니시는 사건을 처리하던 중 실수
로 고-하이(後輩 こうはい 후배)를 잃게 되자 사직을 합니다. 아내의 병원
비 때문에 야쿠자에게 돈을 빌리고 빚을 갚으라는 독촉을 받자 야쿠자를
겐쥬-(拳銃 けんじゅう 권총)로 쏘아 죽입니다. 니시는 아내와의 마지막
여행을 떠나고 후배 경찰에게 추격당하자 자신의 권총으로 생을 마감합니
다. 〈하나비〉 이후 기타노 다케시는 〈그 남자, 흉악함에 관하여(その男,
凶暴につき)〉로 요코하마 영화제에서 감독상으로 받았고 〈그 여름, 가장
조용한 바다(あの夏, いちばん靜かな海)〉, 〈소나티네〉 등의 작품도 많은 화
제가 되었습니다.

아노 나쯔, 이찌방 스즈까나 우미[あの夏(なつ), いちばん 靜(しず)かな 海
(うみ)]。 그 여름, 가장 조용한 바다

076. 동네 공중전화부스에 낯 뜨거운 광고가 넘친다?

♣ 동네 공중전화부스 안에서 야릇한 광고물을 볼 수 있습니다.

일본 여행 중에 동네 공중전화 박스 안을 보니 성 업소를 안내하는 광고 전단으로 도배되어 있었습니다. 일본어를 몰라도 야릇한 사진 때문에 뭐 하는 업소인지 짐작할 수 있습니다. 하지만 말이 통하지 않으면 낭패를 볼 수 있으니 꿈도 꾸지 마세요. 일본은 에도 시대까지 공창 제도가 있었는데 도쿄의 아사쿠사(浅草 あさくさ 천초)나 교토의 기온(祇園 きおん 기원)가 대표적인 곳입니다. 이곳에 있는 사람들을 유나(湯女 ゆな 탕녀), 즉 유녀라고 했는데 많을 땐 5~6천 명이나 되었다고 합니다. 에도 막부가 고-쇼-(公娼 こうしょう 공창)을 허용한 것은 당시 남녀의 성비가 맞지 않아서라고 하는데 남자가 여자와 비교하면 약 2배 많았다고 하네요. 시모노세키(下関 しものせき 하관)에는 공창이 아닌 시쇼-(私娼 ししょう 사창)가 있어 선원과 여행객 등을 상대했습니다. 1946년 공식적으로 공창이 폐지되었지만, 음지로 숨는 결과를 낳았죠. 현대에 와서는 가부키초-(歌舞伎町) 같은 대표적인 유흥가가 있는가 하면 동네에도 엿보는 방인 노조끼헤야(のぞき部屋 のぞき부옥)나 소프란또(Soapland ソ-プランド) 같은 성 업소가 있을 수가 있지요.

우와끼도 고지끼와 야메라레네[浮氣(うわき)と 乞食(こじき)は 止(や)められぬ]. 외도와 거렁뱅이 짓은 그만둘 수 없다.

077. 추억의 일본 영화 3) 러브레터, 옛 추억을 되살리는 영화

♣ 이와이 슌지 감독의 영화 〈러브레터〉는 옛 추억을 되살게 합니다.

이와이 슌지(岩井俊二 いわい-しゅんじ 암정준이) 감독은 영화 〈라브레타 -(Love letter ラブレター 러브레터)로 요코하마 영화제(横浜映畵祭)에서 작품상 등 6개 부문을 수상했습니다. 옛 쓰이오꾸(追憶 ついおく 추억)를 다룬 〈러브레터〉는 한국에서 공식 상영되기 전에 불법 비디오로 많은 사람이 보았을 정도로 화제가 되었습니다. 줄거리는 히로코(ひろこ)는 연인 이쯔키(いつき)가 등반사고로 죽자 그의 유품에 있는 쥬-쇼(住所 じゅうしょ 주소)로 데가미(手紙 てがみ 편지)를 보냈는데 같은 이름의 여자 이쯔키가 답장을 보내며 시작됩니다. 여자 이쯔키는 남자 이쯔키의 동창으로 같은 이름 때문에 얽힌 추억을 되살리나 센세-(先生 せんせい 선생님)으로부터 이쯔키가 죽었다는 소식을 듣고 쓰러집니다. 히로코는 이쯔키가 죽은 설산에 대고 절규하듯 안비(安否 あんぴ 안부)를 묻고 쓰러졌던 여자 이쯔키도 회복됩니다. 이쯔키는 소년 아쓰키가 자신을 그린 독서카드를 보고 비로소 소년 이쯔키가 자신을 좋아했음을 알게 됩니다. 소년 이쯔키와 소녀 아쓰키의 하쓰꼬이(初恋 はつこい 첫사랑), 히로코와 청년이 된 이쯔키의 아이(愛 あい 사랑)가 겹쳐지는 순간이지요.

나쯔가시이 쓰이오꾸가 우가부[懷(なつ)かしい 追憶(ついおく)が 浮(う)か ぶ]. 그리운 추억이 떠오르다.

078. 일본에서는 벚꽃 놀이 안가면 큰일 나는 줄 안다?

♣ 일본 사람은 봄 벚꽃 놀이를 매우 좋아해 꼭 가려 합니다.

하나비(花火 はなび 화화), 즉 불꽃놀이가 여름 마쓰리(祭り 축제)의 핵심이라면 봄에는 하나미(花見 はなみ 화견), 즉 꽃놀이가 빠질 수 없습니다. 여기서 하나(花 はな), 즉 꽃은 사꾸라(櫻 さくら 앵), 즉 벚꽃을 뜻해서 하나미는 벚꽃놀이를 의미합니다. 하나미도끼(花見時 はなみどき 화견시)하면 '꽃이 피는 시기, 즉 벚꽃이 피는 때'이고, 하나미고소데(花見小袖 はなみこそで 화견소수)하면 '벚꽃놀이에 입는 여자들의 옷'을 말합니다. 도쿄에서는 우에노온시꼬-엔(上野恩賜公園 うえのおんしこうえん 상야온시공원)이나 스미다꼬-엔(隅田公園 すみたこうえん 우전공원)이 벚꽃 명소로 유명합니다. 벚꽃이 피면 낮부터 가이샤인(会社員 かいしゃいん 회사원)들이 목 좋은 자리에 돗자리를 깔고 나까마(仲間 なかま 중간), 즉 동료들이 퇴근할 때까지 기다리는 진풍경이 벌어집니다. 회사를 마치고 동료들이 모이면 함께 하나미사케(花見酒 はなみざけ 화견주), 즉 벚꽃놀이 술을 마십니다. 꽃놀이 나온 가족들은 돌아가는 길에 야따이(屋台 やたい 옥대), 즉 포장마차에서 파는 맛있는 라멘(ラーメン)을 사 먹기도 하지요.

꼬-엔니 하나미니 이꾸[公園(こうえん)に 花見(はなみ)に 行(い)く]。
공원으로 벚꽃놀이 가자.

079. 추억의 일본 영화 4) 조제, 호랑이 그리고 물고기들

♣ 영화 〈조제, 호랑이 그리고 물고기들〉은 장애 처녀와 청년 간의 사랑과 우정을 다룬 영화입니다.

〈조제, 호랑이 그리고 물고기들(ジョゼと 虎と 魚たち)〉은 〈감상여행(感傷旅行)〉으로 아쿠타가와상을 받은 다나베 세이코(田邊聖子 たなべ-せいこ 전변성자)가 쓴 단편소설을 원작으로 하고 있습니다. 조제는 주인공이 프랑스와 사강의 쇼-세쯔(小說 しょうせつ 소설) 속 주인공 이름인 조제로 불러달라고 한 이름이고 원래 이름은 구미꼬(組子 くみこ 조자)입니다. 대학생 츠네오(恒夫 つねお 항부)는 우연히 장애 처녀 조제를 만나 유-죠-(友情 ゆうじょう 우정)을 넘어 사랑에 빠지고 조제는 츠네오에게 도라(虎 とら 호), 즉 호랑이를 보고 싶다고 합니다. 조제는 연인이 생겼을 때 가장 무서운 것을 보고 싶었다고. 츠네오가 조제를 부모님에게 소개하려 하나 조제는 바다를 보러 가자고 합니다. 그들이 머문 모텔 천장에 물고기가 유영하는 그림이 있고 조제는 츠네오와 이별을 예감합니다. 여행 후 조제는 홀로 되나 가슴속에는 가장 무서운 호랑이를 보았으니 더 무서운 것은 없고 츠네오에 대한 따스한 기억만 있어 든든합니다.

아이또 유-죠-노 아이다까라[愛(あい)と 友情(ゆうじょう)の 間柄(あいだがら)]。 사랑과 우정 사이.

080. 일본 사람은 새로운 전자제품에 열광한다?

♣ 일본은 한때 트랜지스터와 워크맨으로 세계를 제패한 적이 있어 일본 사람은 새로 나온 전자제품을 좋아합니다.

일본 전자제품의 특징은 가루이[軽(かる)い 가볍고], 미지까이[短(みじか)い 짧고], 우스이[薄(うす)い 얇고], 치이사이[小(ちい)さい 작은] 것을 말하는 경단박소(經短薄小)입니다. 경단박소에 딱 들어맞는 것이 또란지스타-(Transistor トランジスター 트랜지스터)와 워-꾸만(Walkman ウォークマン 워크맨)이지요. 트랜지스터는 전자제품 부품으로 원래 미국에서 개발된 것이지만, 일본에서 개량해 주력 수출품이 되었습니다. 워크맨은 단순한 음악 기기를 넘어 한동안 젊은이들의 패션 아이콘이 되기도 했습니다. 도쿄 아키하바라(秋葉原 あきはばら 추엽원)는 전자상가로 유명하고 신주쿠 같은 곳에도 요도바시(ヨドバシ), 사꾸라야(さくらや), 비꾸카메라(ビッグカメラ) 같은 유명 전자제품 상점이 있습니다. 아키하바라 전자상가에 가보면 디지털카메라나 LCD TV, 캠코더 같은 전통적인 제품도 있고 일본에서 개발한 독특한 전자제품도 많습니다. 보통 학생이나 젊은 사람만 새로운 전자제품을 좋아할 것 같지만, 일본에서는 중년 남자도 새로운 전자제품을 조작해 보는 것에 푹 빠져있는 것을 쉽게 볼 수 있습니다.

죠-오 카메라니 오사메루[城(じょう)を カメラ(Camera)に 収(おさ)める]。
성을 카메라로 찍다.

081. 일본 고전 1) 고사기는 무당이 읊조린 일본 역사 이야기?

♣ 〈고사기〉는 역사학자가 쓴 책이 아니라 히에다노 아레라는 노파의 이야기를 듣고 쓴 것입니다.

겐메이(元明 げんめい 원명) 천왕은 오-노 야스마로(太安万侶 おおの-やすまろ 태안만려)에 명해 〈고지끼(古事記 こじき 고사기)〉를 만들라고 하나 직접 적지 못하고 히에다노 아레(稗田阿禮 ひえだの-あれ 폐전하례)의 구술을 듣고서야 적을 수 있었습니다. 히에다노 아레는 궁중 하인을 뜻하는 도네리(舍人 とねり 사인)로 알려졌으나 가미(神 かみ 신)의 탄생을 뜻하는 아레(阿禮)라는 이름이나 〈고사기〉 내용으로 보아 미꼬(巫女 みこ 무녀)로 보고 있습니다. 712년에 완성된 〈고사기〉는 천황가의 연대기와 계보, 신화, 전설 등을 모은 것으로 가장 오래된 레끼시쇼(歷史書 れきしょ 역사서)입니다. 〈고사기〉와 쌍벽을 이루는 〈니혼쇼끼(日本書紀 にほんしょき 일본서기)〉는 720년에 완성되었죠. 〈고사기〉는 일본인이 다까마가하라(高天原 たかまがはら 고천원), 즉 하늘나라에 있는 모든 세상의 주인인 아마노미나까누시노카미(天御中主神 あまのみなかぬしのかみ)의 자손이라는 신인(神人) 일치의 세계관을 잘 보여주고 있습니다. 또한, 〈고사기〉는 일본 고대사는 물론 고대문화, 한일관계에 관한 귀중한 자료로도 쓰입니다.

레끼시와 꾸리까에스[歷史(れきし)는 繰(く)り返(かえ)す]。
역사는 반복된다.

082. 일본 문화는 모두 한국에서 전래한 것일까?

♣ 일본 고대문화는 한국에서 전래한 것이 많지만, 후대에는 중국과 서양의 영향을 받았습니다.

고대 한국에서 일본으로 문화 전래에 힘쓴 사람이 왕인(王仁 わに)과 담징(曇徵 くもりしるし)입니다. 370년경 오-진(応神 おうじん 응신) 천왕이 아라타와케(荒田別 황전별) 등을 백제에 보내 학자와 서적을 청하자, 근초고왕이 왕인에게 〈론고(論語 ろんご 논어)〉와 〈센지몬(千字文 せんじもん 천자문)〉을 주며 일본으로 보냅니다. 해박한 경서 지식을 가졌던 왕인은 곧 태자의 스승이 되었습니다. 담징은 고구려 승려 겸 화가로 영양왕 때인 610년 백제를 거쳐 일본에 왔고 불법과 먹, 종이, 맷돌을 전해주었습니다. 그는 호류-지(法隆寺)에 금당벽화를 그렸는데 그것은 동양 3대 미술이라 불릴 정도였습니다. 이후 일본은 630년부터 중국에 겐또-시(遣唐使 けんとうし 견당사)라는 사절 파견해 중국의 문물을 직수입하기 시작했고 백제가 멸망하자 한반도로부터의 문화 수입은 점점 줄었습니다. 1534년에는 규슈에 표류한 포르투갈인이 처음으로 화승총 2자루를 주었고 이후 교역을 위해 방문한 포르투갈, 네덜란드 등이 앞선 서양 문화를 전했습니다.

니혼와 고다이 캉꼬꾸노 붕까데끼 이상오 우께쯔구[日本(にほん)は 古代(こだい) 韓國(かんこく)の 文化的(ぶんかてき) 遺産(いさん)を 受(う)け継(つ)ぐ]. 일본은 고대 한국의 문화적 유산을 이어받았다.

083. 일본 고전 2) 도련님은 노벨문학상을 안겨준 일본 문학의 힘?

♣ 〈도련님〉은 나쓰메 소세끼의 작품으로 한국을 비롯한 여러 나라에서 널리 알려져 있습니다.

일본에서 노-베루붕가꾸쇼-(Nobel文学賞 ノーベルぶんがくしょう 노벨문학상)를 받은 사람은 1968년 가와바타 야스나리(川端康成 かわばた-やすなり 천단강성)과 1994년 오에 겐자부로(大江健三郎 おおえ-けんざぶろう대강건삼랑)입니다. 〈봇짱[坊(ぼっ)ちゃん 도련님)을 쓴 나쯔메 소세끼(夏目漱石 なつめ-そうせき 하목수석)는 노벨문학상 수상자는 아니지만, 일본 정통문학가로 널리 알려져 있습니다. 〈도련님〉 같은 일본 문학 작품은 여러 나라 언어로 번역 보급되었기 때문에 일본의 노벨문학상 수상에 도움이 되었다고 합니다. 〈도련님〉은 도쿄 출신의 정의감에 넘치는 교사가 시골 학교에서 겪는 일을 다루고 있지요. 가와바타 야스나리는 〈유끼꾸니(雪国 ゆきぐに 설국)〉에서 눈 쌓인 겨울 온천에서 일하는 게이샤 고마꼬(駒子 こまこ 구자)의 순수함에 관해 이야기하고 있습니다. 오에 겐자부로는 〈만연원년의 풋볼(万延元年のフットボール)〉에서 고향 마을에서 100년 전 일어난 민란을 소재로 교수인 미츠사부로와 미국에서 돌아온 동생 다카시, 다카시의 친구가 농민봉기에 휘말리는 이야기를 그리고 있고요.

기미와 봇짱 소다찌다네[きみは 坊(ぼっ)ちゃん 育(そだ)ちだね]。
당신은 세상을 모른다.

084. 일류의 전설 X-Japan은 어디에?

♣ 90년대 일류의 전설이던 X-Japan은 1997년 음악적 견해 차이로 토시가 탈퇴하며 그룹이 해체되었습니다.

현재 일본에 캉류(韓流 かんりゅ 한류)가 류-꼬-(流行 りゅうこう 유행)하고 있지만, 90년대만 해도 한국 젊은이에게는 니류(日流 にりゅ 일류)가 크게 유행했었습니다. 일류의 최전선에는 덴세쯔(伝説 でんせつ 전설)의 록 그룹 X-Japan이 있었습니다. X-Japan은 리더 요시키와 토시가 중심이 되어 결성되었고 나중에 히데와 파타, 히스가 합류했습니다. 1992년부터 X-Japan이란 이름을 쓰기 시작했고 1989년 오리콘 레코드 싱글앨범판매 부문 신인상을 시작으로 1990년 일본 유선 음악 대상에서 우수 음악상 등 많은 상을 받았습니다. X-Japan은 화려한 비주얼과 음악으로 도쿄돔에서 열린 콘서트는 일본 사이쇼(最初 さいしょ 최초) 매진을 기록하기도 했죠. 그런데 1997년 보컬을 담당하던 토시와의 음악적 견해차로 그룹이 해체되었고 1998년 요시키와 히데가 그룹을 재건하려 했으나 히데가 의문의 죽음을 맞이합니다. 그 후 일주일 동안 일본의 신문과 방송 등 전 매체에서 히데의 죽음을 애도하는 기현상이 있었습니다. *토시는 한동안 사이비 종교에 빠졌다가 2007년 X-Japan을 재결성해 성공을 거뒀습니다.

요시키는 덴세쯔데끼 진부쯔다[Yoshikiは 伝説的(でんせつてき) 人物(じんぶつ)だ]。요시키는 전설적 인물이다.

085. 일본 고전 3) 대망은 야망을 품은 사람이 꼭 읽어야 할 책?

♣ 〈대망〉은 도쿠가와 이에야스가 에도 막부의 쇼군이 되는 과정을 그리고 있습니다.

소설 도쿠가와
이야에스

〈다이모-(大望 たいもう 대망)〉는 야마오카 소하치(山岡莊八 やまおか-そうはち 산강장팔)의 대하소설입니다. 원래 제목은 〈도쿠가와 이에야스(德川家康)〉로 도쿠가와 이에야스를 헤이와(平和 へいわ 평화)를 중시하는 합리적인 인물로 그려내고 있습니다. 〈대망〉에는 이에야스 외 오다 노부나가(織田信長)와 도요토미 히데요시(豊臣秀吉)를 빼놓을 수 없습니다. 노부나가는 무로마치 막부를 무너뜨리고 센고꾸도-이쯔(戰國統一 せんごくとういつ 전국통일)의 기틀을 마련했고, 히데요시는 노부나가의 뒤를 이어 최초로 전국통일의 대업을 이룩합니다. 이에야스는 히데요시 이후 에도 막부의 쇼-군(将軍 しょうぐん 장군)이 되어 에도 시대를 엽니다. 이에야스는 히데요시 밑에서 인고의 세월을 보냈는데 대망을 성취하려면 참고 견디며 실력을 쌓은 뒤 때를 기다릴 줄 알아야겠죠.

카레와 쇼-군니 나루 다이모-오 이다이데이루[彼(かれ)は 将軍(しょうぐん)に なる 大望(たいもう)を 抱(いだ)いている]。
그는 쇼군이 되는 대망을 가지고 있다.

086. 눈 가리고 귀 가리고 입 가린 원숭이?

♣ 도쿠가와 이에야스의 묘인 동조궁에는 눈 가리고 귀 가리고 눈 가린 원숭이 상이 있습니다.

일본 전국통일의 기틀을 마련한 오다 노부나가, 최초로 일본 전국을 통일한 도요토미 히데요시 틈바구니에서 도쿠가와 이에야스는 지쯔료꾸(実力 じつりょく 실력)를 쌓으며 때를 기다렸습니다. 이때의 심정을 가장 잘 나타낸 것이 그가 묻힌 닛꼬(日光)에 있는 도-쇼-구-(東照宮 とうしょうぐう 동조궁)의 세 마리 사르(猿 さる 원), 즉 원숭이 상으로 눈 가리고 귀 가리고 입 가리고 있는 모습입니다. 오다 노부나가 이어 권력을 잡은 도요토미 히데요시는 늘 도쿠가와 이에야스 같은 힘 있는 영주를 견제해 왔으니 봐도 못 본 척, 들어도 못 들은 척, 말하고 싶어도 못하는 척하는 것이 필요했습니다. 이런 도쿠가와 이에야스의 세이까꾸(性格 せいかく 성격)는 울지 않는 호또도기스(ほととぎす 두견새)에 비유한 이야기에서도 잘 나타납니다. 오다 노부나가는 "울지 않는 두견새는 죽여라", 도요토미 히데요시는 "울지 않으면 울게 하라" 도쿠가와 이에야스는 "울 때까지 기다려라"라고 했다고 합니다. 또 도쿠가와 이에야스는 늘 "첫째도 대비, 둘째도 대비!"라고 하면서 평소에 유사시를 대비했다고 합니다.

데끼노 고-게끼니 소나에루[敵(てき)の 攻撃(こうげき)に 備(そな)える]。
적의 공격을 대비하다.

087. 일본 고전 4) 바람의 노래를 들어라는 전공투 세대를 묘사?

♣ 전공투 세대인 무라카미 하루키가 〈바람의 노래를 들어라〉에서 학생운동을 한 친구 쥐 이야기를 하고 있습니다.

1979년에 발표된 〈바람의 노래를 들어라(風の歌をけ)〉는 무라카미 하루키(村上春樹 むらかみ-はるき 촌상춘수)의 데뷔작으로 군조 신인상(群像新人受賞)을 받은 작품입니다. 이 작품은 29살인 주인공이 21살 때 약 3주간 고교-(故郷 こきょう 고향)에 다녀온 이야기를 그리고 있습니다. 도쿄에서 대학을 다니는 자신과 세끼 손가락이 없는 소녀, 학생운동을 했던 친구 쥐의 이야기 등이 섞여 있습니다. 이 무렵은 1960년대 후반에서 시작된 전공투(全公鬪) 학생운동이 1970년대 초반 소멸한 후입니다. 전공투는 '전국학생공동투쟁회의'의 약자로 1960년대 일본의 급속한 경제발전에 따라 인재양성을 위한 대학 신설과 학비 인상, 통제 강화 등에 대한 반감으로 시작된 학생운동입니다. 전공투 활동 중 인상적인 것은 도쿄 야스다(安田 やすた 안전) 강당의 공방전과 마지막 전공투였던 연합적군파들이 아사마 산장에서 농성, 총격전을 벌인 일입니다. 소설 속에서는 세월이 흘러 학생운동을 했던 이들이 다들 제자리로 돌아가고 쥐가 혼자 남겨진 자신의 모습을 보죠. 어쩌면 무라카미 하루키의 모습은 아니었을까요.

가제노 우따오 게[風(かぜ)の 歌(うた)を け] 바람의 노래를 들어라.

088. 천왕과 쇼군, 누가 더 셀까?

♣ 막부 시대 천왕은 상징적인 존재였고 쇼군이 실질 지배자였습니다.

고대에는 덴노-(天皇 てんのう 천황)가 실질적인 권력자였습니다. 하지만 중세에 들어 미나모토노 요리토모(源賴朝 みなもとの-よりとも 원뢰조)가 가마꾸라 막부(鎌倉幕府)를 열며 무신정권을 세우자, 천왕의 지위는 상징적인 것이 되었습니다. 막부의 수장인 쇼군(將軍 しょうぐん 장군)은 원래 세이이다이쇼-군(征夷大將軍 せいいたいしょうぐん 정이대장군)을 가리키는 말이었으나 막부의 우두머리를 뜻하는 말로 변했습니다. 가마꾸라 막부에서 에도 막부까지 쇼군이 천왕 대신 실질적인 권력자 역할을 했습니다. 1867년 에도 막부를 붕괴시킨 메이지 유신(明治維新 めいじいしん 명치유신)에 이르러 실권을 되찾을 수 있었습니다. 메이지 천왕은 일본을 긴다이(近代 きんだい 근대) 국가를 만들기 위해 노력했으나 한국, 중국 등 이웃나라를 신랴꾸(侵略 しんりゃく 침략)하는 만행도 저질렀습니다. 결국, 미국의 원폭 투하로 천왕이 항복하고 천왕의 지위는 다시 상징적인 위치로 돌아갔습니다.

덴노-세이와 덴노-가 쿤쇼도시데 곳가오 도-찌스루 다이세이다[天皇制(てんのうせい)는 天皇(てんのう)가 君主(くんしゅ)として 国家(こっか)를 統治(とうち)する 体制(たいせい)다].
천황제는 천황이 군주로써 국가를 통치하는 체제다.

089. 일본 애니메이션 1) 우주 소년 아톰이 지구를 지키나?

♣ 우주 소년 아톰은 만화에서 지구를 지키기도 했지만, 많은 어린이의 마음을 설레게 했습니다.

우주 소년 아톰의 원제목은 〈데쯔완 아또무[鉄腕(てつわん) アトム 철완 아톰]〉으로 데즈카 오사무(手塚治虫 てづか-おさむ 수총치충)가 잡지 쇼-넹(少年 しょうねん 소년)에 1951년부터 1968년까지 17년간 연재한 인기 만화입니다. 처음 연재할 때 다이모꾸(題目 だいもく 제목)는 〈아톰 다이시[アトム 大使(たいし)]〉였고 1963년 일본 최초로 TV 애니메이션으로 만들어지기도 했습니다. 데즈카 오사무는 일본의 스토리 만화와 아니메-숀(Animation アニメーション 애니메이션)을 확립한 사람으로 특이하게 의학 박사 출신입니다. 1960년대는 일본 TV 애니메이션의 시작을 알린 시기로 가수 비가 출연했던 영화 〈스피드 레이서〉도 이때 나온 자동차 경주물 애니메이션인 〈마하 고 고 고(マッハ GO GO GO)〉가 원작입니다. 또 디즈니에서 〈라이온 킹〉을 내놓았지만, 원작이라 할 수 있는 작품은 데즈카 오사무의 〈쟝구루 다이데이[ジャングル 大帝(たいてい) 정글대제]〉라고 할 수 있습니다. 한국에게는 〈밀림의 왕자 레오〉로 선보였죠. 이 작품은 베니스 영화제 산마르코 은사자상을 받았습니다.

데즈카 오사무와 아니메-숀노 치치다[手塚治虫(てづか-おさむ)は アニメーションの 父(ちち)だ]. 데즈까 오사무는 애니메이션의 아버지다.

090. 일본 영화 흥행작 중에는 애니메이션이 꼭 있다?

♣ 일본 영화 흥행작 중에 애니메이션 영화가 꼭 있습니다.

1996년 외화를 포함한 일본 영화 흥행작 중에 1위는 〈해리포터와 불의 잔〉이고 4위는 애니메이션 〈게도 셍끼[ゲド 戰記(せんき) 게드 전기〉였습니다. 외화를 빼면 1위가 〈게드 전기〉, 7위는 〈포켓몬 레인저와 바다의 왕자 마나피[ポケモンレンジャと 蒼海(うみ)の 王子(おうじ)マナフィ]〉, 8위는 〈도라에몽 노비타의 공룡 2006[ドラえもん のび太の 恐龍(きょうりゅう)]〉, 10위는 〈명탐정 코난 탐정들의 진혼가[名探偵(めいたんてい)コナン 探偵(たんてい)たちの 鎭魂歌(ちんこんか)]〉 등 애니메이션이 4개나 있습니다. 게드 전기는 미야자키 하야오(宮崎駿)의 장남인 마야자키 고로(宮崎吾朗 みやざき-ころ 궁기오랑)가 연출로 마법사 게드와 아렌 왕자가 용이 출몰하고 마법이 존재하는 어스시(Earthsea) 세계에서 모험하는 이야기를 다루고 있습니다. 우리에게 잘 알려진 영화 〈데스노트 the Last name〉는 4위, 〈일본침몰〉은 5위에 불과했습니다. 〈은하철도 999(銀河鉄道(ぎんがてつどう) 999)〉는 1979년 애니메이션으로는 일본 최초로 영화흥행 1위를 기록하기도 했죠.

오-지(王子 おうじ) : 왕자 / 교-류-(恐竜 きょうりゅう) : 공룡
단데-(探偵 たんてい) : 탐정
깅가(銀河 ぎんが) : 은하 / 우미(蒼海 うみ) : 바다

091. 일본 애니메이션 2) 센과 치히로의 행방불명, 센과 치히로는?

♣ 〈센과 치히로의 행방불명〉에서 센과 치이로는 같은 사람인데 다른 이름을 갖고 있습니다(동인이명).

〈센과 치히로의 행방불명[千(せん)と 千尋(ちひろ)の 神隠(かみかく)し]〉에서 주인공 치히로(千尋 ちひろ)는 도깨비 세상에서 자신의 나마에(名前 なまえ 명전), 즉 이름 대신 센(千 せん 천)이라는 이름을 얻습니다. 우연히 만난 소년 하쿠는 치히로에게 이름을 잊어버리면 인간 세계로 돌아갈 수 없다고 하지요. 센은 온센바(温泉場 おんせんば 온천장)에서 일하며 부따(豚 ぶた 돼지)로 변한 부모님과 인간 세상에 돌아갈 방법을 찾습니다. 센을 돕던 하쿠가 상처를 입자 하쿠와 부모님을 위해 생과 사의 갈림길을 운행하는 죽음의 기샤(汽車 きしゃ 기차)를 탑니다. 결국, 센은 하쿠를 구하고 부모님과 함께 인간 세상으로 돌아옵니다. 이 애니메이션에서 주인공이 치히로라는 이름을 잊지 않은 것은 자신의 정체성을 지킨다는 의미가 있죠. 미야자키 하야오가 만든 〈센과 치히로의 행방불명〉은 애니메이션 최초로 세계적인 영화상인 베를린 금곰상을 받았고 2001년 일본에서 가이호-(開封 かいふう 개봉)하자 2,400만 명이 관람하는 엄청난 기록을 세우기도 했습니다.

가미까꾸시[神隠し かみかくし] : 행방불명

092. 스모는 기원은 씨름이다?

♣ 씨름은 동북아시아에서 많이 하던 것으로 스모의 기원이 씨름이라고 하는 의견이 있습니다.

스모-(相撲 すもう 상박)는 일본의 국기(国技)로 도효-(土俵 どひょう 토표)라 불리는 4.6m의 원 안에서 리끼시(力士 りきし 역사), 즉 씨름꾼들이 단판으로 힘을 겨루는 경기입니다. 씨름과 달리 스모-는 샅바를 잡지 않은 것이 특징이지요. 씨름은 고구려 시대 벽화에도 등장하는데 당시에는 각저(角抵)라고 불렀습니다. 스모- 역시 긴 역사가 있어서 〈고사기(古事記)〉에는 신들의 힘겨루기(ちからくらべ)에서 유래되었다는 내용이 있습니다. 스모-는 처음에는 궁중 행사 중의 하나였으나 에도 시대(1603-1869)에 와서 대중 스포츠가 되었습니다. 스모-에서 두 아시(足 あし 족), 즉 다리를 들어 올리는 재미있는 광경은 시꼬(四股 しこ 사고)라고 하는 준비 운동이자 상대와의 기 싸움을 하는 것입니다. 스모- 경기의 최종 승자는 요꼬즈나(横綱 よこづな 횡강)라고 하는데 허리에 굵은 금줄을 메주는 게 특징입니다. 스모-는 도쿄 료-고꾸(両国 りょうごく 양국) 지역에 있는 고꾸기깐(国技館 こくぎかん 국기관)에서 열리는데 공영방송인 NHK에서 중계합니다.

기미또 야마다데와 스모-니 나라나이[君(きみ)と 山田(やまだ)では 相撲(すもう)に ならない. 당신은 야마다와 상대가 되지 않는다.

093. 일본 애니메이션 3) 카우보이 비밥은 사무라이 영화의 미래판?

♣ 카우보이 비밥은 영화 〈7인의 사무라이〉를 번안했던 〈황야의 무법자〉를 연상케 하는 애니메이션입니다.

카우보이 비밧프(Cowboy bebop カウボイビバップ 카우보이 비밥)은 미래의 현상금 사냥꾼 이야기를 다루고 있는 세-징(成人 せいじん 성인) 애니메이션입니다. 1998년 일본 위성채널 WOWOW를 통해 방영되어 선풍적인 닝끼(人気 にんき 인기)를 얻었고 극장판은 일본에서 2001년, 한국에서는 2003년 개봉되었습니다. 스파이크와 제트는 비밥호를 타고 현상금이 걸린 한자이샤(犯罪者 はんざいしゃ 범죄자)를 찾아다니다가 비밀이 있는 여자인 페나와 개인 아인, 천방지축인 소년 에드를 만납니다. 마치 영주의 몰락으로 로-닌(浪人 ろうにん 낭인)이 되어 떠도는 것과 비슷합니다. 실제 스파이크는 본래 마피아조직인 레드 드래건에 몸을 담고 있었습니다. 극본을 쓴 노부모토 게이코(信本敬子 のぶもと-けいこ 신본경자)에 따르면 카우보이 비밥은 중년남성을 위한 응원가라고 합니다. 하지만 역설적으로 카우보이 비밥에서는 중년남성의 권태와 고독에 대해서 말하고 있죠.

한자이샤오 다이호스루[犯罪者(はんざいしゃ)を 逮捕(たいほ)する].
범죄자를 체포하다.

094. 일본의 밤은 야쿠자가 지배한다?

♣ 일본 폭력조직인 야쿠자는 일본의 밤을 지배한다고 할 수 있습니다.

야쿠자(やくざ)라는 말은 '3마이(枚 まい 매) 가르타(ガルタ)'라는 도바꾸(賭博 とばく 도박)에서 야(八 や 팔), 꾸(九 く 구), 산(三 さ 삼)의 최악의 수나 일상에서 쓸모없는 것을 말합니다. 야쿠자는 옛날 도박꾼인 바꾸또(博徒 ばくと 박도)와 행상인 데키야(的屋 てきや 적옥)에서 시작해 근대에 들어 불량배인 구렌타이(愚連隊 ぐれんたい 우련대)로 변모했습니다. 야쿠자는 약 20만여 명에 달하는데 야마구찌구미(山口組 やまくちぐみ 산구조), 이나까와가이(稲川会 いなかわがい 도천회), 스미요시가이(住吉会 すみよしがい 주길회) 등 3대 파 산하 3,000단체 10만여 명의 조직원이 있습니다. 야쿠자는 서민은 건드리지 않는다고 내세우나 뒤로는 고리대금이나 매춘, 도박 같은 불법적인 일을 하고 있습니다. 또 우요꾸(右翼 うよく 우익)와 결탁해 과거 학생운동 탄압에 앞장서, 야쿠자하면 극우의 행동대장처럼 보이기도 합니다. 때문에 게이사쯔(警察 けいさつ 경찰)도 웬만하면 건들지 않고 피한다고 하네요. *최근 야쿠자 일파인 구도카이(工藤会 くどうかい) 수장은 일반인은 건들지 않는다는 불문율을 어기고 갖은 행패를 부리다가 사형선고를 받았습니다. 일반인은 그냥 둬!

마이(枚 まい) : 매, 장
게이사쯔(警察 けいさつ) : 경찰

095. 일본 애니메이션 4) 공각기동대와 매트릭스가 말하는 미래는?

♣ 〈공각기동대〉와 〈매트릭스〉는 과학 기술이 극도로 발전된 미래 사회의 암울함을 그리고 있습니다.

오시이 마모르(押井守 おしい-まもる 압정수) 감독이 연출한 〈공각기동대(功殻機動隊 こうからきどうたい)〉는 과학 기술이 극도로 발전해 사이보그와 인간이 함께 사는 미래 사회를 그리고 있습니다. 원작은 시로우 마사무네(土郎正宗 しろう-まさむね 사랑정종)의 2권짜리 망가(漫画 まんが 만화)로 11개 파트 중 세이메이(生命 せいめい 생명)과 관련된 3개 파트를 재구성한 것입니다. 특수 업무를 맡은 공각기동대는 원래 공안 9과의 별칭으로 아라마키(荒卷 あらまき 황권)가 책임자로 있고 소속 요원은 바트와 쿠사나기 소령, 토그사 등입니다. 쿠사나기는 사건을 일으키는 배후에 뇌의 일부인 고스트를 해킹하는 닌교-시(人形師 にんぎょうし 인형사) 조직이 있다는 사실을 알고 추적을 합니다. 동시에 사이보그인 자신의 정체성에 대해서도 의문을 갖기 시작하죠. 워쇼스키 형제 감독은 영화 〈매트릭스〉의 소재를 〈공각기동대〉에서 따왔고 했는데 〈공각기동대〉의 사이보그 세상에서 한층 더 들어가 전자 세계로 들어가 버립니다.

카노죠와 미라이노 스타-다[彼女(かのじょ)は 未来(みらい)の スタ-(Star)だ]。카노죠는 미라이의 스타이다.

096. 하이쿠, 세계의 시에 영향을 주다?

♣ 일본의 정형시인 하이쿠는 세계에 전파되어 일본 시의 간결함을 알리고 있습니다.

하이쿠(俳句 はいく 배구)는 5·7·5의 17음(音) 형식으로 매우 짧은 시입니다. 하이쿠의 유래는 에도 시대에 크게 유행한 하이가이렝가(俳諧連歌 はいかいれんが 배해연가)의 3구 중 1구인 홋쿠(発句 ほっく 발구)에서 왔습니다. 메이지 시대에 이르러 시인 마사오까 시키(正岡子規 まさおか-しき 정강자규)가 홋쿠(発句)만을 지칭해 하이쿠라고 불렀습니다. 하이쿠는 짧은 단어 속에 경쾌하게 해학적으로 표현하고 있어 중편 시(詩)인 와카(和歌 わか 화가)와 함께 일본의 대표적인 붕까(文化 ぶんか 문학) 장르입니다. 하이쿠는 유럽이나 미국 등에 전해져 세계 사람들의 시상을 적시고 있기도 합니다. 하이쿠 3대 시인은 마쓰오 바쇼-(松尾芭蕉 まつお-ばしょう 송미파초), 고바야시 잇사(小林一茶 こばやし-いっき 소림일다), 요사 부손(与謝蕪村 よさ-ぶそん 여사무촌) 등이 있습니다. 이중 바쇼는 단림풍의 산문성과 비속성을 초월해 하이쿠에 문학성을 부여했다는 평가를 받고 있죠. 평생 전국을 여행했던 바쇼는 죽기 전 〈방랑에 병들어 꿈 마른 들판을 헤매고 돈다〉는 시를 남기기도 했습니다.

야레우쓰나 하에가 데오 스리 아시오 스루[やれ打(う)つな 蠅(はえ)が 手(て)を すり 足(あし)を する]。 잡지 말게나. 파리가 두 손발로 빌고 있잖은가.

097. 빠찡꼬는 구슬치기 놀이다?

♣ 빠찡꼬는 구슬을 가지고 하는 오락성 도박입니다.

빠찡꼬(パチンコ)는 작은 다마(玉 たま 옥), 즉 구슬을 넣고 스프링을 퉁기면 위로 올라가 방해판을 피해, 정해진 아나(穴 あな 혈), 즉 구멍에 들어가면 많은 구슬이 나오는 게-무(Game ゲーム 게임)입니다. 이렇게 딴 구슬은 게이힌(景品 けいひん 경품)으로 교환하거나 인근 교환소에서는 겡낑(現金 げんきん 현금)으로 바꿀 수 있습니다. 빠찡꼬 하는 것을 보면 흡사 우리의 구슬치기 같기도 하고 핀볼 게임을 수직으로 세운 것 같기도 합니다. 일본에서는 카지노가 법적으로 제한되어있지만, 빠찡꼬는 누구나 할 수 있는 고라꾸(娯楽 ごらく 오락)로 여기고 있습니다. 하지만 빠찡꼬에 몰두해 오까네(お金), 즉 돈을 잃는 사람도 많습니다. 일본에 있는 빠찡꼬는 약 2만여 개소가 에이교-(営業 えいぎょう 영업) 중이라고 하는데 실제 동네 어디를 봐도 쉽게 빠찡꼬 가게를 볼 수 있죠. 빠찡꼬 산업은 연 매출이 약 22조 엔에 달한다고 하니 어마어마한 규모입니다. 오늘도 빠찡꼬 가게에는 시장 보러 나온 아줌마나 가이샤인(会社員 かいしゃいん 회사원) 등 남녀노소를 가리지 않고 빠찡꼬 앞에서 대박을 기다리고 있습니다. *일본 여행 중 빠찡꼬에서 5분도 안 되어, 몇만 원을 털린 적이 있지요. 주의!

빠찡꼬헤 겡낑오 니기루[パチンコへ 現金(げんきん)を 握(にぎ)る]。
빠찡꼬로 현금을 쥐다.

098. 신도는 어떤 종교?

♣ 신도는 일본 고유의 종교입니다.

신도-(神道 しんとう 신도)는 일본 고유의
종교로 자연숭배와 애니미즘(Animism
アニミズム) 등이 특징이고 후에 불교 ·
유교 · 도교 등의 영향을 받았습니다. 신
도는 진자(神社 じんじゃ 신사)를 중심으
로 하는 진자신도-(神社神道 じんじゃしん

신사

とう 신사신도)와 교-하시신도-(教派神道 きょうはしんとう 교파신도), 민
조꾸신도-(民俗神道 みんぞくしんとう 민속신도), 가꾸하신도-(学派神道 が
くはしんとう 학파신도) 등으로 나눕니다. 신사신도는 그 지역의 신사를
중심으로 마쓰리(祭り 축제)나 다른 행사를 통해 우지꼬(氏子 うじこ), 즉
씨족의 지역적 결연을 중시하는 신도이고 교파신도는 국가신도에 반해 개
인이 교주가 되어 일으킨 분파 성격의 신도입니다. 진자(神社 じんじゃ 신
사)는 신도의 신을 제사(祭祀 さいし 제사)하고 숭배하기 위한 곳, 진구-
(神宮 じんぐう 신궁)는 제신으로 천신이나 천왕을 모셔 신사보다 격식이
높은 신사를 말합니다. 신사의 중심에는 신덴(神殿 しんでん 신전)이 있는
데 신체(神体), 신상(神像) 등 숭배의 대상을 안치하고 있습니다.

진자니 마쓰루[神社(じんじゃ)に 祭(まつ)る]。신사를 (종교) 섬기다.

127

099. 한국의 막사발이 일본의 국보가 되었다?

♣ 일본은 한국의 옛 막사발을 일본 국보로 삼고 있습니다.

한국의 막사발이 일본으로 간 것은 임진왜란 때입니다. 오짜(お茶 다/차), 즉 차를 좋아하던 도요토미 히데요시(豊臣秀吉)가 조-센(朝鮮 ちょうせん 조선)을 침략하여 많은 조선 도-끼(陶器 とうき 도자기)를 일본으로 빼앗아갔습니다. 여기에 도공까지 일본으로 납치해, 일본 도자기 시대를 열었죠. 이 때문에 일본 사람은 임진왜란을 챠완센소-(茶碗戦争 ちゃわんせんそう 차완전쟁)라 부르기도 합니다. 당시 도자기 기술이 없었던 일본에서는 조선의 도자기를 최고로 쳤고 도자기로 차를 마시는 것을 좋아했습니다. 도요토미 히데요시는 츠츠이 이도(筒井井戸 つつい いど 통정정호)라는 조선의 막사발을 찻사발로 쓰며 귀중하게 여겼습니다. 어느 날 시종이 실수로 츠츠이 이도를 깨서 다섯 조각이 나자, 일본의 다성(茶聖)인 센리뀨-(千利休 せんりきゅう 천리휴)에게 수리를 맡길 정도였죠. 수리된 다완은 츠츠이 즈쓰(筒井筒 つついづつ 통정통)라 불리며 현재 국보로 지정되어 가나자와현 박물관에 보관하고 있습니다.

이도쟈완와 고-라이 챠완노 이쓰. 챠진가 아이요-, 사이고-노 모노도사레루[井戸茶碗(いどぢゃわん)は 高麗茶碗(こうらいちゃわん)の 一(いつ)。 茶人(ちゃじん)が 愛用(あいよう), 最高(さいこう)の ものとされる]。
이도다완은 고려 다완의 하나. 다인이 애용, 최고의 것으로 쳤다.

100. 다다미방은 멍석이 깔린 방이다?

♣ 다다미방은 일본식 멍석 깔린 방입니다.

다다미(畳 たたみ 첩)는 짚으로 촘촘히 짜서 만든 무시로(筵 むしろ 연), 돗자리로 둘레에 무명이나 삼베, 명주 등으로 마감합니다. 다다미 1장의 오-끼사(大きさ 대), 즉 크기는 약 180x90cm이고 오모사(重さ 중), 즉 무게는 17~30kg, 아쓰사(厚さ 후), 즉 두께는 4.5~6cm로 두껍고 무거울수록 상등품으로 칩니다. 또 다다미 크기는 현재도 헤야(部屋 へや 부옥), 즉 방의 크기를 말하는 단위로 쓰이고 있습니다. 다다미는 헤이안(平安) 시대부터 시작되었고 처음에는 귀인의 자리에 방석으로 놓았고 무로마치 막부 때 방 전체에 깔게 되었습니다. 방 가운데에는 고따쓰(火燵 こたつ 화달), 즉 화로를 놓아 난방했습니다. 고대 한국에서 일본으로 사람들이 넘어가며 구들장도 따라갔을 텐데 일본에서는 구들장이 널리 퍼지지 못했습니다. 그 이유는 일본이 날씨가 따뜻하고 시쯔도(湿度 しっど 습도)가 높아 실용성이 떨어졌기 때문입니다. 그래서 겨울에만 방에 고따쓰를 놓아 난방했습니다.

소노 헤야와 난죠-데스까[その 部屋(へや)は 何畳(なんじょう)ですか]?
그 방은 몇 첩입니까?
로꾸죠-노 캉[6畳(ろくじょう)の 間(かん)]。
6첩 방입니다.

101. 헤어질 때 한 번이라도 인사를 더 해야 예의가 있다?

♣ 예의를 중시여기는 일본에서는 만나고 헤어질 때 한 번이라도 더 인사를 해야 예의 바른 사람으로 봅니다.

일본에서 아따마(頭 あたま 두), 즉 머리를 숙여 인사하는 것을 오지기(御辞儀 おじぎ 어사의)라고 합니다. 일본 사람들이 만나면 서로 춋피리(ちょっぴり 조금) 더 머리를 낮게 하거나 한 번이라도 많이 머리를 숙이려고 합니다. 그래야 상대에 대한 레이기(礼儀 れいぎ 예의)를 더 차리는 것이 되기 때문입니다. 쇼-뗑(商店 しょうてん 상점)에서도 마찬가지로 물건을 파는 주인이나 사는 사람 모두 서로 머리를 숙이기 바쁩니다. 헤어질 때는 한 번이라도 더 머리를 숙이려고 해서 인사가 끝나지 않을 것처럼 보이기도 합니다. 심지어 상대가 보이지 않을 때까지 손을 흔들며 배웅해야 마음으로부터 우러나온 인사라고 하네요. 무릎 꿇고 앉아 머리를 바닥에 닿게 인사는 고-도-(叩頭 こうとう 고두)라고 해서 가장 정중한 인사입니다. 야꾸자(やくざ) 영화에서 꼬붕(子分 こぶん 자분), 즉 졸개가 오야붕(親分 おやぶん 친분), 즉 두목에게 고-도-하는 것을 종종 볼 수 있지요. 몸으로 하는 인사뿐만 아니라 "스미마셍(すみません 실례합니다)" 같은 말은 실례한 일이 없어도 수시로 해서 말로 하는 인사라 할 수 있습니다.

오하요-고자이마스[お부(はよ)う ございます]。아침 인사
곤니찌와[今日(こんにち)は]。낮 인사 / 곤방와[今晩(こんばん)は]。밤 인사

IV. 맛있는 일본요리의 세계

102. 우메보시를 먹을 줄 알아야 일본을 안다고 할 수 있다?

♣ 시고 짜고 쓴 우메보시를 거리낌 없이 먹을 수 있다면 일본의 맛을 안다고 할 수 있습니다.

된장국 미소시루(味噌汁 みそしる 미쟁즙), 낫또(納豆 なっとう 납두)와 함께 일본 식탁에서 빼놓을 수 없는 것이 우메보시(梅干し うめぼし 매간し)입니다. 우메보시는 일본을 여행하는 여행자라면 편의점에서 우메보시 삼각김밥을 통해 간편하게 맛볼 수 있습니다. 삼각김밥의 쌀밥 중앙에 쭈그러진 대추 비슷한 것이 우메보시입니다. 우메보시가 쭈글쭈글한 이유는 우메(梅 うめ 매실)를 절였기 때문입니다. 보통 우메보시는 일본의 깻잎이라 할 수 있는 차조기잎으로 물들여 주황색을 띱니다. 일본 제국 시대에는 도시락 중앙에 우메보시 하나 놓인 모양을 보고 히노마루(日の丸 ひのまる 일의환), 일장기를 뜻하는 히노마루벤또-(日の丸弁当 ひのまるべんとう)라고 부르기도 했습니다. 이처럼 우메보시는 일본을 상징하는 음식이라고 할 수 있지요. 우메보시는 소금에 절여 짜고 차조기잎의 향과 맛이 베어 씁쓸하고 매실 과육이 발효되어 시큼한 맛이 납니다. 이런 우메보시를 아무렇지 않게 먹을 수 있다면 일본의 맛을 안다고 할 수 있지요.

우나기또 우메보시와 잇쇼니 다베데와 이께나이[うなぎと 梅干(うめぼ)しは いっしょに 食(た)べては いけない]. 장어와 매실은 같이 먹어서는 안 된다.

103. 낫또는 소금 치지 않은 청국장이다?

♣ 청국장 만들 때 소금을 넣지 않고 한번 숙성하면 낫또가 됩니다.

특유의 끈적한 질감이 있는 낫또-(納豆 なっとう 납두)는 밥 위에 올려 달 걀노른자, 참기름, 카이시(芥子 かいし 개자), 즉 겨자 등을 넣고 쇼-유(醬油 しょうゆ 장유), 즉 간장으로 간을 해서 비벼 먹습니다. 푹 삶아지고 숙성(발효)된 콩의 감칠맛과 간장의 짭짤함, 겨자의 쏘는 맛이 어우러져 독특한 맛을 냅니다. 그런데 일본 사람 중에 낫또를 간장, 겨자 없이 맹-으로 먹는 사람은 드물다고 합니다. 그냥 낫또면 삶은 콩을 먹는 밍밍한 맛이겠지요. 낫또와 비슷한 것이 한국의 메주나 청국장입니다. 메주나 청국장을 만들 때 콩을 삶아 따뜻한 곳에서 숙성하면 실이 나오는데 이 상태가 낫또라고 할 수 있습니다. 낫또 상태에서 더 숙성되어 딱딱해진 것이 메주, 낫또 상태에서 으깨고 다진 마늘, 생강, 고춧가루, 소금 등을 넣고 다시 숙성한 것이 청국장입니다. 서양 요리에 쓰이는 베이크드 빈즈(Baked beans)는 콩을 삶아 토마토소스, 설탕 등을 넣고 조린 것입니다. 토마토소스만 빼면 실 없는(숙성되기 전) 낫또입니다. 베이크드 빈즈는 스튜나 요리의 소스로 사용되기도 하지만, 베이크드 빈즈 자체만 먹기도 하는데 밥하고 먹으면 달짝지근한 낫또인 셈입니다.

카라시(芥子 かいし) : 겨자
쇼-유(醬油 しょうゆ) : 간장

104 수사가 스시?

♣ 수사(壽司)의 일본어 발음이 스시(すし)입니다.

일본 스시(초밥) 집을 보면 '목숨 수(壽), 맡을 사(司)'해서 수사(壽司)라고 적혀있는데 일본어 발음이 스시(壽司 すし)입니다. 한자어와 일본어 발음이 연관성이 없어 보입니다. 그도 그럴 것이 수사(壽司)라는 한자는 에도시대 말 만들어진 단어로 '좋은 일을 관장하다'라는 뜻의 슈오 츠카사도루(壽を 司る ことぶき つかさどる)에서 유래한 것으로 추정됩니다. 스시(すし)라는 발음은 신맛, 슷빠이(すっぱい)를 의미하는 형용사 스시(酸し)에서 유래되었다는 설이 있습니다. 그리고 보면 한국어로 초밥이라 하는 게 더 와닿는 것 같군요. 스시에는 생선을 밥과 소금으로 발효시킨 나레즈시(熟れ鮨 なれずし 숙레지)과 신선한 해산물을 이용한 하야즈시(早ずし はやずし 조ずし)가 있습니다. 나레즈시는 스시의 원조로 한국의 식해(魚醢)와 같은 것이라 할 수 있고 하야즈시는 오늘날의 스시로 식초를 넣고 버무린 밥 위에 생선회를 올린 것입니다. 하야즈시는 손으로 집어 먹는다고 니기리즈시(握り壽司 にぎりずし 악리수사)라고도 합니다. 일본 스시 집 중에는 가이덴즈시(回転壽司 かいてんーずし 회전스시)에서 저렴한 가격에 스시를 즐길 수 있습니다. 보통 스시 2점이 올라간 한 접시 가격이 100엔부터.

나래루(熟れる なれる) : 시간 경과하다, 숙성하다.
니기리(握り にぎり) : 움켜쥠 / 오니기리(御握り おにぎり) : 주먹밥

105. 초밥 달인은 밥알 수까지 알아맞힌다?

♣ 초밥 달인은 초밥의 밥알 수는 몰라도 한번 쥐는 밥의 무게는 안다고 합니다.

일본 초밥(스시) 업계에서 '밥 짓기 3년, 밥 쥐기 8년'이란 말이 있다고 합니다. 밥 쥐어서 그 위에 사시미(刺身 さしみ 자신), 즉 회를 올리는 초밥을 니기리즈시(握り寿司 にぎりずし 악り수사)라고 하지요. 보통 니기리즈시의 밥 무게는 15g이고 밥 위에 올라가는 회의 무게 역시 약 15g 입니다. 밥과 회의 무게비가 1:1이지요. 그럼, 밥알 수는 얼마나 될까요? 밥의 무게가 15g일 때 밥알 수는 약 320개라고 하네요. TV 프로그램을 보니 늘 같은 무게를 쥘 수 있는 초밥 달인이 있던데 같은 무게를 쥘 수 있다면 늘 같은 수의 밥알을 쥐는 셈입니다. 다시 처음으로 돌아와서 '밥 짓기 3년, 밥 쥐기 8년'이란 말은 있는데 생선에 대한 말은 없군요. 그렇다면 결국 초밥의 생명은 (생선) 회가 아닌 밥이라고 할 수 있습니다. 회 맛으로 초밥을 먹는 것이 아닌 초밥 맛으로 초밥을 먹는 것이네요. 밥에 식욕을 돋우는 쇼꾸즈(食酢 しょくず 식초)도 빼놓을 수 없습니다. 초밥의 초에 침이 고이고 생선의 깊칠 맛, 밥의 고소함이 어우러져 완벽한 초밥의 맛을 완성하니까요.

지라시즈시(ちらしずし) : 밥 위에 회 올린 것
마키 스시(卷寿司 まきすし) : 김말이 초밥

106. 라멘의 원조는 제주도 고기 국수다?

♣ 일본 라멘의 원조가 중국 란저우 라멘이라는 설이 있으나 제주도 고기 국수도 기원이 될 수 있습니다.

일본 라멘(ラーメン)은 가쓰오부시를 넣은 해물 육수 라멘도 있지만, 대부분은 돼지 뼈 육수 쓴 돈코츠 라멘(豚骨ラーメン とんこつラーメン)입니다. 그런데 돈고츠 라멘이 제주도 고기 국수와 매우 흡사합니다. 고기 국수 역시 돼지 뼈를 우린 육수를 사용하고 라멘처럼 돼지고기 고명인 차슈(チャーシュー)를 올립니다. 면만 라멘이 중면, 고기 국수가 소면을 사용하는 것이 다를 뿐이다. 반면에 란저우 라멘(兰州拉麵)은 소고기가 들어가니우러우멘(牛肉面 우육면)이라고도 합니다. 소고기 육수에 소고기 고명이 올라가고 면은 소면을 사용하지요. 란저우 라멘이 일본에서 와서 소고기가 돼지고기로 바뀐 것일까. 하긴 일본은 중세 오랫동안 불교를 신봉해 고기를 잘 먹지 않았고 특히 농사에 쓰는 소는 더욱 먹지 않았으니 란저우 라멘의 소가 돼지로 바뀠을 수도 있습니다. 일본에 란저우 라멘의 흔적이 남아 화교가 운영하는 식당의 라멘을 중화소바(中華そば)라고 합니다. 란저우 라멘이 라멘의 원조라고 하지만, 제주도가 일본과 가까워 고기 국수가 일본으로 넘어가 라멘이 되었을지도 모르는 일입니다.

시오라멘[塩(しお)ララーメン] : 소금라멘 / 쇼-유[醬油(しょうゆ)ラーメン] : 간장라멘 / 미소라멘[味噌(みそ)ラーメン] : 된장라멘

107. 인스턴트 라면은 일본이 만들었다?

♣ 1958년 안도 모모후쿠가 세계 최초로 인스턴트 라면을 개발하였습니다.

안도 모모후쿠(安藤百福 あんどう-ももふく 안등백복)가 세계 최초로 개발한 인스턴트 라면의 이름은 치킨 라면(Chickenラーメン チキンラーメン)이었습니다. 치킨 라면은 양념이 밴 면에 뜨거운 물을 부어 3분 후에 먹는 즉석면 형태이었습니다. 기존 라멘의 면발이 생면인 것에 비해 인스턴트 라면의 면발은 반조리 된 면을 기름에 튀겨 익힌 것입니다. 그 때문에 라멘에 비해 빨리 라면을 먹을 수 있게 되었습니다. 후에 면발에 뜨거운 물을 붓는 대신 면과 라면 스프, 물을 넣고 끓여 먹는 방식으로 바꿨습니다. 1971년에는 안도 모모후쿠가 세계 최초의 컵라면인 캇프 누들(カップ ヌードル 컵 누들)도 개발하였습니다. 컵 누들은 양념 밴 면발의 즉석면과 달리, 면 따로 라면 스프 따로인 따로 즉석 라면이었습니다. 어쩌면 컵 누들은 봉지 라면과 비교하면 안도 모모후쿠가 옛날 오사카 우메다에서 라면을 먹기 위해 기다리는 사람을 보고 어떻게 하면 '간편하게 라면을 먹을 수 있을까?' 하는 최초의 생각에 부합하는 것 같습니다.

인스탄또 라면(Instantラーメン インスタントラーメン) : 즉석 라면
치킨 라면(Chickenラーメン チキンラーメン) : 치킨 라면
캇프 누들(Cup noodle カップ ヌードル) : 컵라면

108. 짬뽕은 탄생지는 나가사키다?

♣ 짬뽕은 1899년경 나가사키에서 탄생했습니다.

참뽕(ちゃんぽん 짬뽕)은 채소, 돼지고기, 해물 등을 기름에 볶다가 닭이나 돼지 뼈로 만든 육수와 면을 넣고 끓인 중국식 일본 요리입니다. 짬뽕의 유래는 메이지 시대 중국 푸젠성에서 일본으로 이주한 첸핑쓘(陈平顺)이 1899년 나가사키에서 사해루(四海樓)라는 식당을 차렸는데 가난한 유학생을 위해 쓰고 남은 식재료를 한데 볶다가 닭이나 돼지 뼈 육수를 낳고 끓인 후, 면을 넣어 먹는 요리를 개발한 것이 시초입니다. 그것이 참뽕(ちゃんぽん)인데 짬뽕 외 '한데 섞음'이란 뜻이 있습니다. 그러고 보니 라멘의 출발도 중국 요리 란저우 라멘부터 입니다. 물론 제주도 고기 국수도 있지만. 짬뽕과 라멘의 탄생은 일본 차이나타운이 형성과 관계가 깊습니다. 일본 내 차이나타운은 나가사키, 고베, 요코하마, 도쿄 이케부쿠로 등 4대 차이나타운이 있습니다. 이들 차이나타운은 명말청초와 국공내전 때 중국인이 대거 유입되며 만들어졌습니다. 차이나타운의 중국인은 보통 중국 식당을 차렸고 중국 요리를 만들다가 일본화된 것이 라멘이나 짬뽕입니다.

참뽕와 이치도 다베루와 츄-도꾸니 나루[チャンポンは 一度(いちど) 食(た)べると 中毒(ちゅうどく)に なる]. 짬뽕은 한번 먹으면 중독된다.

109. 일본 사람은 참치에 열광한다?

♣ 참치는 일본 사람이 매우 좋아하는 생선입니다.

참치의 정확한 명칭은 다랑어이고 일본어로 마구로(まぐろ)라고 합니다. 아마 일본 사람이 제일 좋아하는 생선이 아닌가 싶습니다. 세계적으로도 일본은 참치를 가장 많이 소비하는 나라죠. 2004년 세계 참치 소비량 중 일본 43.3%(57만 6천 톤), 대만 23.6%, 한국 9%, 중국 3.5% 등입니다. 일본과 대만, 한국, 중국을 합치면 79.4%에 달하니 바다에서 잡히는 대부분 참치가 극동 아시아로 간다고 할 수 있습니다. 참치는 여러 종류가 있는데 (북방) 혼마구로(ほんまぐろ 참다랑어)는 횟감으로, 미나미마구로(みなみまぐろ 남방 참다랑어)는 초밥용으로, 가쯔오(鰹 かつお 가다랑어)는 참치 통조림용 또는 가쓰오부시(かつおぶし 가다랑어포) 용으로 사용됩니다. 메바찌마구로(めばちまぐろ 눈다랑어)와 기하다마구로(きはだまぐろ 황다랑어)도 횟감으로 쓰입니다만, 참다랑어에 비할 바가 못 됩니다. 횟감 참치는 부위별로 가격이 다릅니다. 최상급은 상 뱃살(腹かみ, 大とろ), 고급은 중 등살(背かみ, 中とろ), 중급은 상 등살(背かみ, 中とろ)과 중 뱃살(背かみ, 中とろ), 하급은 하 등살(背かみ, 中とろ)과 하 뱃살(腹かみ, 中とろ)입니다.

하라카미(腹かみ はらかみ) : 뱃살 / 세카미(背かみ) : 등살
오오/츄도로(大/中とろ) : (상) 뱃살/지방 많은 복부(중) 뱃살

110. 일본에서는 고래를 식용으로 잡는다?

♣ 일본은 2019년 33년 만에 상업 포경을 다시 시작했습니다.

1986년 쿠지라(鯨 くじら 경), 즉 고래 포획 방법이 발전하고 상업 포획이 늘어나자 고래 개체 수가 크게 줄어들어 전 세계적으로 고래 포획이 금지되었습니다. 당시 전통적인 포경국인 일본, 아이슬란드, 노르웨이 같은 국가들이 반대했지만, 포경(捕鯨 고래잡이) 금지가 시행되었지요. 그런데 일본은 포경 금지의 예외 조항인 과학연구를 목적으로 매년 200~1,200마리의 고래를 잡았습니다. 말이 고래 개체 수 모니터링이지, 실상은 고래를 잡아 소비자의 식탁에 공급하는 역할을 했습니다. 일본만 탓할 일이 아닌 게 한국도 자연적으로 그물에 걸린 고래는 식용으로 허용하고 있습니다. 하지만 고래가 그물에 자연적으로 걸린 것인지 인위적으로 포획한 것인지는 알 수 없지요. 최근 일본은 고래를 잡고 먹는 것이 문화 일부라며 포경 금지에 반대하였고 급기야 2019년 국제포경위원회(IWC, International Whaling Commission)에서 탈퇴해 버렸습니다. 고래가 바다에 살지만, 포유류라 육고기도 생선도 아닌 독특한 맛을 내는 것은 사실입니다. 그렇다고 고래 대체 수가 급감한다는데 굳이 잡아먹어야 하는지. 일본, 참치로 만족하면 안 되는 건가요?

쿠지라(鯨 くじら) : 고래
호게이센(捕鯨船 ほげいせん) : 포경선

111. 일본 사람은 밥그릇을 들고 먹는다?

♣ 일본 사람은 밥그릇을 들고 밥을 먹습니다.

돈부리

한국 같으면 돈부리바찌(丼鉢 どんぶりばち 정발), 즉 밥그릇 들고 메시(飯 めし 반), 즉 밥 먹으면 복 달아난다고 했을 텐데 일본에서는 밥그릇을 들고 하시(箸 はし 저), 즉 젓가락으로 먹는 게 정석이라고 하는군요. 오히려 밥그릇을 식탁에 놓고 고개를 숙여 먹는 게 이누구이(犬食い いぬぐい), 즉 '개처럼 고개 숙이고 먹는 것'이라고 한다네요. 일본 사람은 밥뿐만 아니라 시루(汁 しる 즙), 즉 국도 들고 먹는데 국을 먹을 땐 렌게(レンゲ), 즉 움푹한 사기 숟가락도 쓰지 않고 국그릇에 입을 대고 먹습니다. 일본 카레 집이나 우동 집에 가면 사기 숟가락이 있기는 합니다만, 카레같이 정말 숟가락 아니면 먹기 힘든 음식이 아니면 보통은 사기 숟가락이 있어도 국그릇 들고 먹는 편입니다. 중국 사람도 밥그릇을 들고 밥을 먹습니다. 중국 쌀은 푸석하여 밥그릇을 들고 젓가락으로 먹는 게 편하다고 합니다. 또 중국에는 국이란 게 없어 탕이나 죽을 먹을 때 탕츠(汤匙)라는 사기 숟가락을 사용합니다. 일본의 렌게와 중국의 탕츠는 거의 같은 것입니다.

쇼꾸지(食事 しょくじ) : 식사 / 고항(ご飯 ごはん) : 밥, 식사의 공손 표현

112. 일본에는 다도를 가르치는 다도전문학교가 있다?

♣ 일본에는 다도를 가르치는 다도전문학교가 있습니다.

챠도-(茶道 ちゃどう 다도)는 차를 달이거나 마시는 방식이나 예의범절을 말합니다. 이를 학문으로 발전시킨 것이 챠도-가꾸(茶道学 ちゃどうがく 다도학)입니다. 일본에는 다도전문학교가 있어 다도에 대해 체계적으로 공부할 수 있습니다. *한국에서도 대학원과 대학, 대학교 평생교육원 등에서 다도를 배울 수 있지요. 일본의 다도전문학교는 3년제로 전문대학입니다. 학과는 3년제 본과, 1년 코스(대학원), 3개월 또는 6개월 연구과 등이 있습니다. 본과에서는 교양과목으로 일본 문화, 일본 전통예술, 일본 전통 시 와카(和歌 わか 화가=일본 중편시), 서예 등을 배우고 전문 과목으로 차의 과학, 다도의 상식, 현대 다도의 역사, 다기, 다과, 다실, 정원, 요리 실습, 가이세키 기초 등을 익힙니다. 일본 다도를 집대성한 사람은 센리큐-(千利休 せんりきゅう 천리휴)입니다. 센리큐는 전국시대를 평정한 오다 노부나가, 오다 노부나가의 후계자인 도요토미 히데요시의 다도 선생을 하였습니다. 센리큐의 다도는 그의 후손에게 이어져 가장 규모가 큰 우라센케(裏千家 리천가) 외 오모테센케(表千家 표천가), 무샤노코지센케(武者小路千家 무자소로천가) 등의 다도 가문을 탄생시켰습니다.

챠도-(茶道 ちゃどう) : 다도
이도챠완(井戸茶碗 いとちゃわん) : 조선 초 막사발로 일본 국보로 지정

113. 사누키 우동을 찾아서?

♣ 사누키 우동은 사누키 현(현 가가와 현)의 명물 우동입니다.

우동(うどん)은 가쓰오부시(かつおぶし 가다랑어포), 이리꼬(いりこ 다시 멸치) 등 해산물 육수에 탱글탱글한 면을 넣어 먹는 면 요리입니다. 우동은 헤이안 시대(794~1185년) 고-보-(弘法 こうぼう 홍법) 스님이 당나라에서 밀과 우동 만드는 법을 들여왔다고 합니다. 이후 우동은 일본 전역으로 퍼져 일본을 대표하는 면 요리 중 하나가 되었습니다. 여러 우동 중에 시코쿠(四国) 가가와(香川)의 사누키 우동[讚岐(さぬき)うどん 찬기우동], 아키타(秋田)의 이나니와 우동[稲庭(いなにわ)うどん 도정우동], 군마(群馬)의 미즈사와 우동[水沢(みずさわ)うどん 수택우동]은 일본 3대 우동으로 불립니다. 특히 사누키 우동은 가쓰오부시에 당시 고급 식재료였던 간장과 지역 명물인 다시 멸치가 더해지고 특유의 야들야들 쫄깃한 면발로 인기를 끌었습니다. 소설가 무라카미 하루키(村上春樹)는 우동을 좋아해서 산문집 〈하루키의 여행법(邊境·近境)〉 속 '우동 맛여행' 섹션에서 사누키 우동집을 돌아다닌 이야기를 적고 있기도 합니다. 2002년에는 〈대단한 사누키 우동(恐るべきさぬきうどん)〉이라는 사누키 우동 여행가이드가 출간되어, 한결 사누키 우동 집을 찾아가기가 쉬워졌습니다.

가쓰오부시(かつお節 かつおぶし) : 가다랑어포
이리꼬(いりこ) : 다시 멸치, 쪄서 말린 잔 멸치

114. 일본에 혼자 먹는 식당, 서서 마시는 주점이 있다?

♣ 일본에는 혼자 먹는 식당과 서서 마시는 주점이 있습니다.

일본에는 히또리(ひとり 외토리) 문화가 있습니다. 히또리 문화는 개인주의가 발달해 생긴 것이 아니라 집단에 폐를 끼치기 싫어서 생긴 것입니다. 어울리지 못해 어쩔 수 없이 혼자가 된 것이죠. 이 때문인지 일본에서 히또리(ひとり 1인)에 대한 배려(?)를 종종 볼 수 있습니다. 혼자 식당에 가거나 여행을 가도 눈여겨보는 사람이 적죠. 식당 테이블은 4인석이 아닌 2인석이어서 혼자 앉기 좋고요. 아예 독서실처럼 혼자 먹는 이치란(一蘭 いちらん 일란)이라는 라멘집도 있지요. 라멘 주문은 키오스크(キオスク 무인단말기)에서 하고 라멘은 독서실 자리에서 혼자 먹으니 다른 사람 볼 일이 없습니다. 서서 마시는 주점은 다치노미야(立ち飲みや たちのみや)라고 합니다. 다치(立ち)는 '서다', 노미야(飲みや)는 '술집' 해서 서서 마시는 주점입니다. 그런데 왜 다리 아프게, 서서 마실까요? 이유는 술값이 싸니깐! 일본 사람이 즐겨 마시는 생맥주 가격은 앉아 먹는 곳에 비해 절반! 그 대신 오래 있지는 못해서 1시간가량 후딱 마시고 가야 합니다. 서서 먹는 식당도 있는데 한국에는 서서 갈비, 일본에는 서서 먹는 이끼나리 스테이크(いきなりステーキ) 집이 유명합니다.

다치노미야(立ち飲みや たちのみや) : 서서 먹는 주점
다치구이(立ち食い たちぐい) : 서서 먹음, 서서 먹는 식당

115. 회사 동료도 연인도 계산은 더치페이?

♣ 일본에서는 보통 회사 동료도 연인도 계산은 더치페이로 합니다.

더치페이(Dutch pay)는 모임이나 회식에서 1/n로 돈을 내는 것을 말합니다. 일본어로 와리깡(割り勘 わりかん 할り감)이라고 하지요. 일본에서는 회사 동료도 연인도 와리깡하는 경우가 많습니다. 요즘 한국의 젊은 층에서 더치페이가 종종 보입니다만, 중년층에서는 생소한 것이 사실입니다. 공적 모임이면 1/n인 회비를 내는 게 편합니다. 그런데 사적 모임이면 불러 놓고 1/n 하기가 껄끄럽죠. 절충해서 식사비 내면 찻값 내는 것으로 무언의 합의를 보면 좋지요. 일본에서 와리깡이 보편적인 것은 남에게 폐를 끼치지 않으려는 문화의 영향이 큽니다. 남에게 얻어먹으면 빚이 되어 (신세를 지게 되어) 나중에 갚아야 합니다. 그러니 얻어먹는 빚을 지지 않고 각자 내면 신세 갚을 일도 없습니다. 한국에서는 한번 쏘면 체면이 서고 은연중에 으스댈 수 있어 쏘려고 하는 사람이 있죠. 요즘엔 이런 사람을 꼰대라고 합니다. 와리깡은 남에게 폐를 끼치지 않으려는 표면적인 이유 외 내면적으로 살림이 빠듯한 것도 한 이유입니다. 일본이라는 나라는 잘 살지만, 일본 국민은 다 잘 사는 것은 아니기 때문이죠. 사실 돈 없으니 각자 내는 것입니다.

와리깡(割り勘 わりかん) : 더치페이
메이와쿠(迷惑 めいわく) : 폐, 귀찮음, 성가심

116. 반주는 언제나 맥주로 한다?

♣ 일본 사람이 다 그런 건 아니지만, 반주를 맥주로 하는 경우가 많습니다.

일본에서 라멘집에 가니 대부분 반주로 시원한 나마비-루(生ビール なまビール), 즉 생맥주를 마시고 있었습니다. 게 중에는 일본 소주라 할 수 있는 사케(酒 さけ 주)를 좋아하는 사람이 있을 텐데요. 일본 사람은 프랑스 사람이 와인(Wine ワイン)을 마시듯 맥주를 마십니다. 프랑스에서 와인이 오래되었듯 일본에서 맥주도 오래되었죠. 1869년 독일 출신 비간트가 일본 최초의 양조장인 재팬요코하마 브루어리를 세웠으니 일본 맥주 역사가 152년이나 되네요. 이후 1885년 기린 맥주의 전신인 재팬 브루어리, 1886년 삿포르 맥주의 전신인 개척사 맥주 양조장과 에비스 맥주의 전신인 일본 맥주 양조회사, 1889년 아사히 맥주의 전신인 오사카 맥주 회사 등이 설립되었습니다. 이들 회사의 맥주는 주로 라가(Lager ラガー 라거)로 대표되는 독일식 맥주를 생산했습니다. 라거는 투명한 황금빛에 가볍고 향과 강한 탄산감이 있는 가벼운 맥주여서 반주로는 제격입니다. 반면에 에-루(Ale エール 에일) 맥주는 진한 색에 깊은 향과 깊은 맛 또는 과일 맛이 있어 무겁죠.

도리아에즈 나마비-루 오네가이시마스[とりあえず 生(なま)ビール お願(ね)がいします]。 일단 생맥주 주세요.

117. 돈가스의 원조는 일본이다?

♣ 돈가스는 1895년 메이지 시대 도쿄 긴자의 혼다 겐지로라는 요리사가 처음 개발하였습니다.

동까쯔(豚カツ とんカツ 돈가스)는 돼지고기에 밀가루, 달걀, 빵가루를 묻혀 튀겨낸 튀김 요리로 일본식 포크커틀릿(Pork cutlet)입니다. 1895년 요리사 혼다 겐지로-(本田源次郎 ほんでん-げんじろう)가 돈가스를 처음 개발했을 때에는 포-크 가

돈가스

쯔레쯔(ポークカツレツ)라고 불렀습니다. 1929년 도쿄 우에노의 원조돈가스폰다(元とんかつぽん多)라는 식당에서 돈가스 메뉴를 만들고부터 돈가스라는 이름이 생겼다고. 돼지를 뜻하는 포크를 동(豚)과 커틀릿을 뜻하는 가쯔레쯔(カツレツ)를 줄여 까쯔(かつ) 해서, 동까쯔(豚カツ)! 돈가스가 처음 개발된 메이지 시대 때 사실 일본 사람은 육고기 맛을 잘 몰랐습니다. 7세기 덴무 천왕이 불교를 신봉해 육식을 금지한 이래로 근대까지 육고기를 먹지 않았기 때문입니다. 메이지 시대 서양을 롤모델을 삼아 각종 문물을 받아들일 때 육식도 허용되었습니다. 하지만 육고기 먹지 않던 일본 사람이 바로 먹기 어려웠으므로 육고기를 살짝 튀겨 먹게 된 듯 합니다. 튀긴 것은 신발도 맛있다고 육고기를 튀겼으니 얼마나 맛있겠습니까?

동(豚 음독 とん, 훈독 ぶた) : 돼지 / 모또(元 もと) : 사물의 시작, 처음

118. 일본의 보리차는 우룽차다?

♣ 일본의 보리차는 우룽차라고 할 수 있습니다.

일본 여행을 가면 곳곳에서 우룽차(烏龍茶 うーろんちゃ 오룡차) 광고를 볼 수 있습니다. 어디에나 있는 음료 자판기에서도 가장 많은 보이는 것이 우룽차이지요. 그렇다고 무기차(麦茶 むぎちゃ 맥차), 즉 보리차가 없는 것은 아닙니다. 하지만 우룽차가 더 많이 보이니 더 많이 마신다고 할 수 있겠죠. 슈퍼마켓에 가면 우룽차가 우리의 보리차 티벡 마냥 나와 집에서 간편히 우룽차를 마실 수 있습니다. 우룽차는 찻잎을 발효하지 않는 료꾸차(綠茶 りょくちゃ 녹차)와 찻잎을 발효한 고-차(紅茶 こうちゃ 홍차)의 중간으로 찻잎을 반발효한 차입니다. 녹차처럼 상큼하지도 홍차처럼 쓰지도 않은 갈색의 약간 상큼 씁쓸한 맛을 냅니다. 우룽차의 원조는 중국 푸젠의 우이엔차(武夷岩茶)입니다만, 푸젠과 위도가 비슷한 타이완에서도 티에꽌인(铁观音)이 생산됩니다. 티에꽌인은 우룽차의 일종으로 보통 우룽차보다 고급으로 여겨집니다. 일본에서는 교토 우지(宇治 うじ 우치), 사이타마 사마야(狭山 さやま 협산), 시즈오카(静岡) 등에서 차가 생산되나 주로이고 우룽차는 보기 힘듭니다. 시중에서 시판되는 우룽차의 원산지를 보면 중국 푸젠이나 광뚱인 경우가 많습니다. 아무래도 녹차 〉 우룽챠 〉 홍차 순으로 고급이어서 인가요.

료꾸차(綠茶 りょくちゃ) : 녹차 / 데쯔깐논(鐵觀音 てつかんのん) : 철관음

119. 다꼬야끼에는 문어가 있을까, 없을까?

♣ 다꼬야끼에는 문어가 들어가 있습니다.

다꼬야끼

다꼬야끼(たこ焼き　たこやき)의 다꼬(たこ)는 '문어', 야끼(焼き)는 '구운 것' 해서, 다꼬야끼 하면 '문어 구운 것'이 됩니다. 다꼬야끼는 오사카에서 시작된 요리로 밀가루 반죽에 문어와 파, 생강 절임, 텐까스(天かす 튀김 가루), 간장 등을 넣고 공 모양의 틀에 넣어 구운 것이죠. 잘 구워진 다꼬야 끼에 다꼬야끼 소스, 마요네즈 등을 바르고 가쓰오부시, 김 가루 등을 뿌려 먹습니다. 다꼬야끼는 길거리 간식이나 맥주 안주로 제격입니다. 요즘 은 다꼬야끼의 크기를 키운 점보 다꼬야끼도 볼 수 있다고 합니다. 그런 데 예전 한국 뉴스를 보니 다꼬야끼 가게 중에 비싼 문어 대신 값싼 오징 어를 쓰는 곳이 있다고 합니다. 그럼, 다꼬야끼가 아니라 이까야끼(烏賊焼 き 오적소끼), 즉 오징어야끼죠. 문어나 오징어나 같은 두족류(頭足類)여서 맛은 비슷하겠지만, 엄연히 다른 것은 다른 것입니다. 다꼬야끼에 문어를 넣고 부수적으로 치즈, 옥수수, 소시지, 새우, 김치, 떡 등을 넣는 것은 상관없습니다. 색다른 맛을 내는 다꼬야끼이니까요. 다꼬야끼 만들 때도 기본을 지켰으면 좋겠습니다.

다꼬(たこ) : 문어 / 이까(烏賊 いか) : 오징어

120. 붕어빵인가, 도미빵인가?

♣ 일본에는 붕어빵이 아니라 도미빵이 있습니다.

일본에서 붕어빵을 다이야끼(鯛焼き たいやき 조소き), 즉 도미빵이라고 합니다. 후나(鮒 フナ 붕어)는 강에 사는 물고기, 도미(참돔)는 바다에 사는 물고기입니다. 붕어가 (도미보다) 가격이 싸지만, 도미는 가격이 비쌉니다. 일본의 도미빵이 일제강점기 때 한국으로 건너와 붕어빵이 된 것으로 보입니다. 그 이유는 아무래도 바다와 더 친숙한 일본이 바닷물고기 도미를 접할 기회가 많은 것에 비해, 바다보다 강에 익숙한 한국은 바닷물고기 도미보다 붕어가 더 접할 기회가 많기 때문이 아닐까 합니다. 도미에서 붕어로 격하되었지만, (붕어빵은) 그 모양이나 맛이 거의 비슷합니다. 일본이나 한국이나 붕어빵은 도미인지 붕어인지 여하튼 물고기 모양의 틀에 밀가루 반죽을 붓고 팥 속을 넣어 구워냅니다. 그럼, 겉은 바싹하고 속은 부드러운 빵이 되고 그 속에 있는 팥은 달콤합니다. 요즘에는 팥 대신 치즈, 카스타드, 크림, 캬라멜, 초코 등을 넣기도 합니다. 한국의 붕어빵처럼 일본의 도미빵도 여름보다 겨울에 제맛이어서 한겨울 노점에서 도미빵을 맛볼 수 있습니다.

니혼데와 후나야끼오 타이야끼또 이우[日本(にほん)では フナ焼(や)きを たい焼(や)きと いう]。일본에서는 붕어빵을 도미빵이라고 한다.

121. 제사 때 올리는 정종이 일본 술?

♣ 정종은 일제강점기 이래로 일본 청주를 일컫는 말입니다.

제사 때 올리는 술을 흔히 정종이라고 하는데 일본어로 마사무네(正宗 ま さむね)입니다. 정종이란 이름은 일제강점기 정종이라는 이름의 일본 술도 가 또는 같은 이름의 일본 세이슈(淸酒 せいしゅ 청주)가 한국에 들어와 청주의 대명사가 되었습니다. 해방 후, 일본산 청주가 아닌 한국산 청주가 보급되었음에도 일제 잔재가 남아 정종으로 부르고 있습니다. 일본 청주 는 니혼슈(日本酒 にほんしゅ 일본주) 중에서 알코올 성분이 22도 미만의 술을 말합니다. 청주는 말 그대로 맑은 술이고 탁주는 탁한 술로 니고리 자케(にこり酒)라고 합니다. 니고리자케는 한국의 막걸리와 같은데 알코올 도수는 막걸리(6~7도)보다 높은 15~16도입니다. 니고리자케를 여과한 것 이 청주입니다. 청주는 일본주인데 일본주는 쌀과 누룩, 물을 주된 원료로 사용하여 발효시킨 발효 양조주를 말합니다. 일본주는 쌀과 누룩으로 만 든 순정 일본주인 준마이(純米), 쌀과 누룩 외에 양조 알코올인 주정과 감 미료, 산미제 등 기타 첨가물이 포함된 혼죠조(本醸造)로 나뉩니다. 정미 (도정) 비율에 따라 다이긴조(大吟醸 50% 이하), 긴조(吟醸 50~60%), 혼 죠조(本醸造 60~70%) 나머지는 후쓰슈(普通酒 70% 미만)로 나누기도 합 니다. 이들 일본주를 보통 사케(酒 さけ)라고 부릅니다.

다쿠슈(濁酒 だくしゅ) 탁주 / 니고리자케(濁り酒 にごりざけ) : 탁주

122. 일본 사람은 인도 사람보다 카레를 좋아한다?

♣ 일본 사람은 인도 사람만큼은 아니겠지만, 카레를 좋아합니다.

카레(Curry カレー)는 고기, 생선, 채소 등의 재료에 강황, 생강, 후추 등 향신료를 넣어 만든 인도(India インド) 요리입니다. 카레를 밥과 같이 먹으면 카레라이스(Curry rice カレーライス)가 되지요. 카레는 1772년 인도의 초대 총독 워렌 헤이스팅스가 영국 빅토리아 여왕에게 향신료인 마살라를 진상하여 영국에 보급되었습니다. 18세기 말 간편한 카레 파우더가 만들어졌는데 이것이 미국으로 전해졌고 다시 1870년대 다시 일본으로 전파되었습니다. 일본 여행에서 간편하게 먹을 수 있는 카레 요리는 카레라이스, 카레 돈가스, 카레 우동, 카레 소바(カレー蕎麦 カレーそば 카레교맥) 등이 있습니다. 이 중 카레 돈가스와 카레 우동, 카레 소바는 한국에서 흔히 볼 수 있는 것이 아니어서 색다른 느낌을 줍니다. 특히 카레 우동은 고추장 비빔국수도 토마토소스 넣은 포모도로 파스타도 아닌 독특한 맛과 풍미를 자아냅니다. 일본이나 한국에서 맛보는 카레는 대부분 노란색 카레인데 외국에서 인도 사람이 하는 식당의 카레는 갈색이 많습니다. 카레의 농도도 노란색 카레보다 갈색 카레가 허물곤 하고요. 맛은 뭐 카레 맛입니다만.

카리(Curry カリー) : 커리, 카레
라이스카레(ライスカレー) : 라이스카레, 카레라이스

123. 삼각김밥의 원조는 일본이다?

♣ 삼각김밥은 1980년대 일본에서 처음 개발되었습니다.

예부터 일본에는 오니기리(御握り おにぎり 어악り) 또는 오무스비(御結び おむすび 어결び)라고 해서 주먹밥 문화가 있습니다. 주먹밥은 말 그대로 밥에 간을 하거나 밥 속에 반찬을 넣어 둥글게 만든 것입니다. 주먹밥은 집 밖에서 도시락처럼 먹거나 여행 또는 전쟁 중에 먹을 수 있는 간편식이었습니다. 중국에 주먹밥과 비슷한 것이 쭝즈(粽子)라고 댓잎으로 싼 세모꼴 모양의 찹쌀밥입니다. 댓잎 대신 노리(のり 김)로 싸면 영락없는 삼각김밥입니다. 쭝즈는 간이 되어 식사 대용인 주먹밥과 달리 간 대신 달달한 팥소 같은 것을 넣은 디저트 느낌입니다. 하지만 쭝즈 역시 집 밖에서 먹는 간편식이죠. 쭝즈가 찹쌀밥 겉을 댓잎으로 썼다면 주먹밥은 일부를 김으로 싼 것입니다. 삼각김밥은 1980년대 개발되었습니다. 주먹밥이 일부만 김으로 썼다면 삼각 주먹밥은 전체를 김으로 싼 것입니다. 삼각 모양은 보통 원형의 주먹밥보다 세모꼴인 쭝즈에서 착안한 것이 아닌가 합니다. 그런데 일본에서는 분명 삼각김밥인데 부르기는 여전히 오니기리, 주먹밥이라고 합니다.

야끼오니기리(焼き御握り やき-おにぎり) : (표면을 살짝) 구운 주먹밥
노리마끼(海苔巻 のりまき) : 김으로 싼 초밥, 일본식 김밥

124. 간편하게 들리기 좋은 일본 3대 덮밥 전문점?

♣ 일본에는 요시노야, 마츠야, 스키야 같은 덮밥 전문점이 있습니다.

덮밥은 더운밥 위에 반찬이 될 만한 것을 얹은 음식입니다. 일본에서는 돈부리(丼 どんぶり 정)라고 합니다. 밥과 반찬이 함께 먹는 돈부리는 주먹밥, 오니기리(御握り)보다 고급(?)입니다. 오니기리를 사발에 놓으면 돈부리죠. 어찌 보면 머슴 밥 같기도 합니다. 밥과 반찬을 함께 놓아 후딱 먹기 좋으니 말입니다. 실제 일본 유명 돈부리 집인 요시노야(吉野家 よしのや 길야가), 마츠야(松屋 まつや 송옥), 스키야(すき家)에서 돈부리 메뉴는 간단히 먹을 수 있는 음식입니다. 돈부리 메뉴 중 가장 인기 있는 것은 규-동(牛丼 ぎゅうどん 소고기덮밥)으로 밥 위에 소 불고기를 얹은 것입니다. 반찬은 단무지 대신 베니쇼-가(べにしょうが 초생강)를 밥과 소 불고기 위에 조금씩 올려 먹습니다. 목이 컬컬하면 미소시루(味噌汁), 즉 된장국을 추가할 수 있고요. 아예 된장국과 반찬이 나오는 규동 정식을 시켜도 좋습니다. 소 대신 돼지고기를 올리면 부타동(豚丼 ぶたどん 돈정), 장어를 올리면 우나동(鰻丼 うなどん 만정), 참치를 올리면 마구로동(鮪丼 まぐろどん 유정)이라 합니다.

오오부리(大振りおおぶり) : 대자, 곱배기
나미모리(並盛り なみもり) : 보통, 중간
데이쇼쿠(定食 ていしょく) : 정식. 규동데이쇼쿠(牛丼定食) 규동정식

125. 일본에는 원래 숟가락이 없다?

♣ 일본은 12세기 이래로 숟가락을 사용하지 않았습니다.

일본의 오목한 사기 숟가락을 렝게(れんげ)라고 합니다. 그런데 일본 실생활에서는 숟가락을 사용하는 일이 별로 없습니다. 밥은 그릇을 들고 젓가락으로 먹고 국은 그릇을 들고 입에 대고 마시기 때문입니다. 굳이 숟가락을 쓸 일이 없는 것입니다. 물론 현대에 들어 카레라이스 같은 음식은 젓가락으로 먹을 수 없으니 숟가락을 씁니다. 그러나 카레라이스 같은 음식이 없으면 식탁에는 젓가락만 놓이는 게 보통이죠. 일본 관련 다큐멘터리를 보니 지금으로부터 1천 년 전 나라 시대와 헤이안 시대에는 젓가락과 숟가락을 모두 사용했다고 하네요. 그때도 모든 사람이 숟가락을 사용한 것은 아니고 왕실이나 귀족이 행사 때 예법을 지키기 위해 사용한 것으로 보입니다. 서민은 젓가락만으로 식사할 수 있는데 굳이 숟가락을 쓸 이유가 없지요. 12세기 이후 일본의 식문화가 밥과 국을 모두 들고 먹는 것으로 되면서 용도를 잃은 숟가락이 식탁에서 사라지게 되었습니다. 같은 이유로 중국에서는 15세기 이후 식탁에서 숟가락이 사라졌습니다. 한국은 예나 지금은 숟가락을 애용하고 있고요.

하시(箸 はし) : 젓가락
키하시(木箸 きばし) : 나무젓가락
와리바시(割りばし わりばし) : 나무젓가락, 소독저

156

126. 일본의 백반은 데이쇼꾸인가, 오젠인가?

♣ 일본의 백반은 데이쇼꾸와 오젠 중간쯤 됩니다.

백반은 식당에서 밥에 국과 반찬을 함께 내는 한 상의 음식을 말합니다. 한국의 백반 식당에 가면 저렴한 가격에 밥과 국, 반찬을 맛볼 수 있어 즐겁습니다. 일본에도 백반이 있을까요? 일본의 백반은 데이쇼꾸(定食 て いしょく 정식)와 오젠(御膳 おぜん 어선), 즉 밥상(한상)의 중간쯤 될 듯합 니다. 오젠을 고젠(御膳 ごぜん)으로 읽으면 단순한 밥상이 아닌 잔치상이 됩니다. 일본에서 정식은 세트메뉴라고 할 수 있습니다. 저가 정식은 밥과 국, 반찬이 있어 백반이라고 할 수 있는데 생선 같은 포인트가 없어 아쉽 습니다. 고가 정식에는 생선 같은 힘준 메뉴가 있어 백반이라 할 만합니 다. 밥상(한상)은 고급 식당이나 온천장 식당에서 볼 수 있습니다. 밥과 국, 반찬은 기본이고 생선과 고기가 포인트로 들어갑니다. 간단히 정식보 다 음식 가짓수가 많지요. 음식도 고급이고요. 특히 온천장 식당의 밥상 (한상)은 가이세키(会席 かいせき 회석)라고 하는데 고급 연회상이라 할 수 있습니다. 가이세키에는 보통 1즙 3채(一汁三菜), 1즙 5채(一汁五菜), 2즙 5채(二汁五菜)로 나뉘는데 1즙 3채나 1즙 5채는 백반이라 할 수 있고 2 즙 5채는 백반을 넘는 고급 코스 요리라고 할 수 있습니다.

쇼꾸도-(食堂 しょくどう) : 식당
료깐(旅館 りょかん) : 여관

127. 일본의 미소는 한국의 된장과 어떻게 다른가?

♣ 한국의 된장은 콩만으로 발효한 것이고 일본 미소는 누룩을 넣어 발효한 것입니다.

일본 된장은 미소(味噌 みそ 미쟁)라고 합니다. 미소로 끓인 된장국을 미소시루(味噌汁 みそしる 미쟁즙)라고 하고요. 미소가 된장은 된장인데 미소로 끓인 미소시루는 깊은 맛의 한국 된장국에 비해 가벼운 맛이 납니다. 담백하고 단맛도 나지요. 그리 짜지도 않아 그릇 들고 훌훌 마시기 좋습니다. 그런데 미소시루는 끓일수록 향이 날아가서 짧게 끓이거나 재료를 넣고 끓인 후, 미소를 풀어야 미소의 향을 느낄 수 있습니다. 반면에 한국의 된장은 끓이면 끓일수록 구수한 맛과 향이 나지요. 미소와 된장의 차이는 어디서 비롯된 것일까요? 그것은 한국의 된장이 콩만으로 발효한 것이라면 일본의 미소는 일종의 발효제인 누룩을 넣어 발효했기 때문이 아닌가 싶습니다. 미소는 누룩의 종류에 따라 쌀 누룩일 때 고메미소(米みそ 쌀미소), 보리 누룩일 때 무기미소(麦みそ 보리미소), 누룩 없이 콩만으로 발효할 때 마메미소(豆みそ 콩미소)라고 합니다. 쌀 미소는 발효된 색에 따라 시로미소(白みそ 백미소), 아카미소(赤みそ 적미소), 백 미소와 적 미소를 섞은 아와세미소(合せみそ 혼합미소)로 나뉩니다.

고메(米 こめ) : 쌀 / 무기(麦 むぎ) : 보리
마메(豆 まめ) : 콩

128. 야키니쿠의 원조는 한국의 불고기다?

♣ 야키니쿠의 원조는 한국의 불고기입니다.

몇 년 전 한국의 음식 평론가가 "불고기라는 단어는 야키니쿠(燒肉 やきに
く)의 번역어"라는 말을 해서 소란이 일었습니다. 이는 '야키니쿠가 먼저
고 불고기는 나중' 또는 '불고기의 원조가 야키니쿠'라는 말과 같은 말입
니다. 한국은 예부터 석쇠에 고기 구워 먹기를 즐겼지만, 일본은 7세기
덴무 천황이 불교 교리에 따라 육식을 금하여, 근대까지 1,200년 동안 고
기를 먹지 않았습니다. 그런데 어떻게 불고기의 원조가 야키니쿠가 될 수
있습니까. 불고기는 한국에서 예부터 내내 먹는 것인데 말이죠.

야키니쿠

불고기(구이)

서구에 개방한 메이지 시대 비로소 육식을 허용하여 돈가스(豚カツ), 소고
기덮밥인 규동(牛丼) 등이 생겨났죠. 불고기는 일제강점기와 해방 이후 일

본으로 건너간 재일동포가 고기구이 식당을 하면서 등장했습니다. 야키니쿠라는 이름은 일본에서 한국 느낌이 나는 불고기라는 단어 대신 한국 국적을 뺀 이름이 아닌가 합니다. 야키니쿠의 야키(燒 やき)는 '굽다', 니쿠(肉 にく)는 '고기' 해서 '구운 고기'라는 뜻입니다. 불고기에서 한국을 빼서 야키니쿠가 되었지만, 야키니쿠 집의 메뉴를 보면 야키니쿠 외 육회, 김치, 냉면 등이 있어 영락없는 한국 고깃집입니다.

야키니쿠노 간소와 캉고쿠노 불고기데스[燒肉(やきにく)の 元祖(がんそ)는 韓国(かんこく)の プルゴギです]. 야키니쿠의 원조는 한국의 불고기이다.

V. 한국어와 같거나 다른 일본어

129. 뽀루꾸야, 후루꾸야?

♣ Fluke를 일본어로 옮긴 것으로 후루꾸가 원어 발음에 가깝습니다.

예전 다마쓰키바(玉突場 たまつきば 옥돌장), 즉 당구장에서 말도 안 되게 들어간 공을 두고 "뽀루꾸" 또는 "후루꾸"라는 말을 하곤 했습니다. 그 어원은 Fluke로 '(당구, 야구 등에서) 공이 우연히 맞다'라는 뜻입니다. Fluke의 정확한 일본어 발음은 후롯꾸(フロック) 정도. 당구장에서는 공을 다마(玉 たま 옥)라고 합니다. 다마의 뜻은 '옥, 구슬, 알' 등이 있습니다. 다마(玉)에 고(子) 자를 붙여 다마고(玉子 たま 옥자) 하면 '계란'이고요. 또 '공을 크게 돌려쳐라(제각 돌리기)'라는 의미로 '오마시'라고 하는데 오마시는 틀린 말입니다. '크게 돌리다'의 오오마와시(大回し おおまわし 대회し)가 맞는 말입니다. '뒤로 돌려치기' 할 때 '우라마시'하는데 정확한 말은 우라마와시(裏回し うらまわし 리회し), '뒤로 돌리다'입니다. 내 공을 못 치느니 상대 공을 막는 것을 겐세이(牽制 けんせい 견제)라고 하는데 그 뜻은 '견제, 견제하다'입니다. '밀어치라' 할 때 오시(押し おし 압し)라는 말을 하는데 그 뜻은 '밂, 밀기'입니다. '당겨쳐라' 할 때 히키(引き ひき 인き)라고 하는데 그 뜻은 '당김'이고요. 오시(押し 밀기)와 히키(引き 당기기)는 건물 출입문에도 붙어있죠.

겐뻬-(源平 げんぺい) : (당구장에서) 편 먹고 치기. 본래 겐씨(源氏, 백기)
　　와 헤이씨(平氏 흥기), 적군과 우리군, 홍백

130. 일본어의 기초 1) 히라가나는 자음과 모음이다?

♣ 히라가나는 일본 문자로 자음과 모음으로 되어있습니다.

일본에는 원래 문자가 없었습니다. 한자로 도입된 후, 7세기 무렵 한자의 음과 훈을 빌려 일본어를 표기하는 방법이 고안되었는데 이를 만요가나(萬葉假名) 또는 가나(假名)라고 합니다. 만요가나는 일본식 이두(吏讀)라고 할 수 있습니다. 획수 많은 한자를 쓰던 만요가나를 간소화한 것이 히라가나(平仮名 ひらがな 평가명)와 가타카나(片仮名 かたかな 편가명)입니다. 한글의 자음과 모음, 영어의 알파벳 같은 일본 기본 문자인 셈입니다. 히라가나는 한자 초서(체)를 기반으로 하여 흘림체인데 가타카나는 한자의 획을 기반으로 하여 각진 서체입니다. 히라가나는 일본 자국어를 사용할 때, 가타카나는 외래어, 의성어, 의태어, 강조 하고 싶은 말을 하고자 할 때 씁니다. 히라가나는 총 46자로 자음이 (か,き,く,け,こ), (さ,し,す,せ,そ), (た,ち,つ,て,と), (な,に,ぬ,ね,の), (は,ひ,ふ,へ,ほ), (ま,み,む,め,も), (ら,り,る,れ,ろ) 등 35자, 모음이 あ,い,う,え,お 등 5자, 반모음이 や,ゆ,よ,わ 등 4자, 기타 2자입니다. 히라가나는 헤이안 시대(平安時代 794~1185년)부터 본격적으로 사용되기 시작했습니다. 그런데 히라가나 단독으로 쓸 수 없습니다. 칸지(漢字 かんじ 한자)+히라가나 조합으로써야 하죠.

히라가나또 가타카나와 가리따 지다[ひらがなと カタカナは 借(か)りた 字(じ)だ]. 히라가나와 가타카나는 빌린 글자(假名)다.

131. 출판·인쇄 용어 돔보는 잠자리?

♣ 돔보는 출판인쇄 용어일 때 맞춤표, 원래 잠자리라는 뜻이 있습니다.

출판인쇄 분야에도 일본어 잔재가 남아있습니다. 돔보(蜻蛉 とんぼ 청령)는 출판인쇄 용어일 때 '맞춤표', 원래는 '(곤충) 잠자리'라는 뜻이 있습니다. 4색 인쇄 시 4장의 인쇄판을 맞추기 위해 각 판에 + 표시되어 있는데 이 모양을 보고 돔보라고 한 모양입니다. 도비라(扉 とびら 비)는 출판인쇄 용어일 때 서적의 표제, 저자 이름 등이 있는 '속표지', 원래는 '문짝, 속표지'. 하시라(柱 はしら 주)는 출판인쇄 용어일 때 '(판면의) 제목', 원래는 '기둥, 패류'. 하시라는 아마 세로쓰기(편집)일 때 나온 말인 듯. 세네카(背中 せなか 배중)는 출판인쇄 용어일 때 '책등', 원래는 '등, 뒷면'. 하리꼬미(張り込み はりこみ)는 출판인쇄 용어일 때 '터 잡기', 원래는 '잠복함, 망을 봄'. 터 잡기는 인쇄 전에 페이지를 재조정해 큰 종이로 인쇄하고 접어 세 면을 잘랐을 때 페이지가 처음부터 끝까지 이어지도록 하는 작업입니다. 터 잡기를 하지 않고 인쇄하면 나중에 페이지가 뒤죽박죽 나오죠. 그런데 요즘은 컴퓨터 프로그램으로 터 잡기가 됩니다. 그 외 몇몇 일본어 용어가 있지만, 점차 한국어 용어로 바뀌는 추세입니다.

오리꼬미(折り込み おりこみ) : (출판·인쇄) 접어 넣기, 부록
오오미다시(大見出し おおみだし) : 신문·잡지 따위의 큰 표제

132. 일본어 기초 2) 가타카나는 외래어를 쓸 때 쓴다?

♣ 가타카나는 외래어, 의성어, 의태어, 강조하고자 하는 단어에 사용합니다.

가타카나는 한자의 획을 기반으로 만들어진 글자입니다. 반면에 히라가나는 한자 초서(체)를 기반으로 만들어진 글자지요. 가타카나는 외래어, 의성어, 의태어, 강조하고자 하는 단어에 사용합니다. 외래어 빵(Pang)은 히라가나 '㋩ん'가 아닌 가타카나로 'パン'이라고 표기합니다. 밀크(Milk)는 'ミルク(미루쿠)'입니다. 뭔가 발음이 이상합니다. 그 이유는 일본어는 받침을 풀어쓰기 때문이지요. Milk를 한글처럼 '밀크'라고 쓰지 못하고 일본어에서는 '미루쿠(ミルク)'라고 풀어씁니다. 맥도날드 햄버거(McDonald's hamburger)는 'マクドナルド・ハンバーガー(마쿠도나루도 한바-가-)'라고 씁니다. 맥도날드→마쿠도나루도, 영 이상한 발음이 되어버렸습니다. 의성어는 사람이나 사물의 소리를 흉내 낸 말입니다. 구두 소리 '또각또각'과 말발굽 소리 '달그락달그락' 소리는 'カッカッ(카쯔카쯔)'로 씁니다. 실제와 영 다른 소리입니다. 의태어는 사람이나 사물의 모양이나 움직임을 흉내 낸 말입니다. 번쩍번쩍은 'ピカピカ(삐카삐카)'로 씁니다. 한국에서 화려한 것을 말할 때 '삐카번쩍'이라고 하는데 일본어와 한국어의 짬뽕이었군요.

니혼노 가이라이고와 키키도리니 꾸이[日本(にほん)の 外来語(がいらいご)は 聞(き)き取(と)りにくい]. 일본의 외래어는 알아듣기 힘들다.

133. 야마 돈다라는 말은 어디서 나온 말?

♣ '야마 돈다'는 일제강점기 또는 해방 이후 생긴 말로 추정됩니다.

'야마 돈다'는 '약이 오르다, 기분이 나빠지다'라는 뜻의 속어입니다. '야마 돈다'는 '일본어 야마(山 やま 산)+한국어 돌다'가 결합한 말로 직역하면 '산이 돈다'라는 말입니다. 일본어로 하면 '야마(山 やま)+마와루(回る まわる)' 해서 '산이 돈다'가 됩니다. 그런데 약이 오르거나

후지산

기분이 나빠지는 것은 골치 아픈 일인데 머리가 아니고 산이네요. 머리는 아다마(頭 あたま 두)입니다. 아다마 하니 아다마니 쿠루(頭に 来る あたまに くる)라는 속어가 있군요. '머리가 띵해지다, 기분 나빠지다, 정신이 돌다'라는 뜻입니다. '야마 돌다'는 아다마니 쿠루(頭に 来る あたまにくる)에서 온 것이 아닐까요? 아다마(頭)가 야마(山)로, 쿠루(来る)가 돈다로 바뀐 듯합니다. '야마 돌다'에서 '돌다'에 중점을 두면 아다마가 키레루(頭が 切れる あたまが きれる)라는 말이 있군요. '머리가 잘 돌아가다, 스마트하다'라는 뜻입니다. '야마 돌다'의 뜻과는 다릅니다. 정리하면 '야마 돌다'에서 '돌다'와는 상관없고 야마와 상관이 있으니 야마를 아다마로 바꾸면 말이 됩니다. 야마(산)는 돌든지 말든지 기분 나빠지는 뜻이 없습니다.

아다마니 쿠루[頭(あたま)に 来(く)る]。 기분 나빠지다.

134. 일본어 기초 3) 모음은 딱 5개다?

♣ 일본어 히라가나 모음은 あ, い, う, え, お 등 5개입니다.

일본어 히라가나 모음은 あ(아), い(이), う(우), え(에), お(오) 등 5개이고 반모음이 や(야), ゆ(유), よ(요), わ(와) 등 4개입니다. を(오)는 모음 お(오)와 발음이 같아 모음으로 보이지만, '을/를'의 목적격 조사로만 쓰입니다. 한글의 모음은 21개, 영어의 모음은 17개인데 일본어는 모음이 적습니다. 모음이 적은 일본어가 상대적으로 익히기 쉽지만, 맥도날드(McDonald's)를 마쿠도나루도(マクドナルド) 하듯이 외래어 표기할 때 엉뚱한 표기가 되기도 합니다. あ(아) 자체로는 '아, 그래' 같은 감탄사로 쓰이고 あ(아)로 시작하는 단어는 아우[会(あ)う 만나다, 대면하다]가 있습니다. い(이) 자체는 '마음, 속내(意)'의 뜻이 있고 い(이)로 시작하는 단어는 이이[良(い)い·善(い)い·好(い)い 좋다, ~하기 좋다, 쉽다]가 있습니다. え(에) 자체는 '그림(絵), 미끼(餌), 감탄사 예'의 뜻이 있고 え(에)로 시작하는 단어는 에도(江戸 えど 강호)가 있습니다. お(오) 자체는 '꼬리(尾), 실([緒), 감동사 엇, 응'의 뜻이 있고 お(오)로 시작하는 단어는 오세쓰마[応接間(おうせつま) 응접실]가 있습니다.

야마(山 やま) : 산 / 유키(雪 ゆき) : 눈
요카세기[夜(よ)稼(かせ)ぎ] 밤일, 밤도둑 / 와사비(わさび) : 고추냉이

135. 김치냐, 기무치냐?

♣ 김치는 한국의 전통음식으로 김치라고 불러야 합니다.

일본 여행 중 라멘집에 들렀을 때 단무지(?) 대신 김치를 주는 곳이 간혹 있습니다. 오사카 킨류 라멘(金龍ラーメン 금룡라면)이 그런 곳이지요. 그런데 일본 사람은 김치를 기무치(キムチ)라고 부르는군요. 앞서 일본어는 받침을 풀어쓴다고 했는데 그것은 앞말에 받침을 붙일 수 없어 받침을 뒤로 보내는 것을 말합니다. 한글은 '기+ㅁ+치' 해서 '김+치'가 되는데 일본어는 '기+ㅁ+치' 해서 앞말 '기'에 받침 'ㅁ'을 붙일 수 없어 '기+ㅁ+치'가 됩니다. 그런데 'ㅁ'는 달랑 자음만 있을 수 없어 'ㅜ' 모음이 붙어 '무'가 되지요. *일본어는 자음 하나 모음 하나가 대응해야 합니다. 그래서 한글 김치는 일본어 기무치(キムチ)가 되는 것입니다. 앞으로 일본 사람이 "기무치" 한다고 해서 뭐라 하지 마세요. 일본어에서는 그렇게 말할 수밖에 없으니까요. 영어 Cream도 마찬가지지요. 한글로 크림이라 적을 수 있지만, 일본어로는 쿠리-무(クリーム)라고 할 수밖에 없죠.

니혼진와 김치오 김치또 이에나이[日本人(にほんじん)は キムチを キムチと 言(い)えない]. 일본인은 김치를 김치라고 말할 수 없다.

앗뿌루(Apple アップル) : 사과
가루비(カルビ) : 갈비

136. 일본어 기초 4) 일본 한자 읽기 - 음독과 훈독?

♣ 일본 한자 읽기는 음독과 훈독이 있습니다.

일본 한자 읽기는 온도꾸(音読 おんどく 음독)과 쿤도꾸(訓読 くんどく 훈독)가 있습니다. 음독은 한자를 중국 발음에 기반해 읽는 것이고 훈독은 한자의 뜻을 새겨 일본말 토를 달아 읽는 것입니다. 예를 들어, 山의 음독은 さん(산), 훈독은 やま(야마)입니다. 그런데 음독과 훈독이 하나씩이면 좋은데 여러 개 있어 외우기 힘듭니다. 가령, 人의 음독은 じん(진)·にん(닌), 훈독은 ひと(히도)이고 天의 음독은 てん(덴), 훈독은 あま(아마)·あめ(아메)입니다. 음독과 훈독이 여러 개 있을 때 자주 보며 익히는 수밖에 없겠네요. 다행히 음독은 한국에서 한자를 읽는 발음과 비슷합니다. 山은 일본어 음독 さん(산), 한국어 읽기 산. 그럼, 언제 한자를 음독하고 훈독할까요? 간단히 한자가 일음절이면 훈독, 한자가 이음절 이상이면 음독으로 읽습니다. 물론 예외는 있습니다. 人같이 일음절이면 훈독하여 ひと(히도)라고 읽습니다. 日本人같이 이음절 이상이면 음독하여 にほんじん(니혼진)이 됩니다. 끝으로 일본 한자는 획수를 줄인 1945자의 약자와 일본식 한자가 있는데 한자를 안다면 많이 어려운 것은 아닙니다.

니혼노 칸지와 온도꾸또 쿤도꾸가 아루[日本(にほん)の 漢字(かんじ)は 音読(おんどく)と 訓読(くんどく)が ある].
일본 한자 읽기는 음독과 훈독이 있다.

137. 귀엽다는 가와이다?

♣ 귀엽다는 일본어로 가와이입니다.

간혹 일본 영화를 보면 소녀를 보고 "가와이(可愛い かわいい 가애い)"라고 합니다. 가와이는 '귀엽다, 사랑스럽다, 작다, 사랑하고 있다'의 뜻이 있습니다. 그런데 가와이는 중국어로도 '사랑스럽다, 귀엽다'라는 뜻이 있군요. 물론 발음은 조금 다르지만요. 가와이는 중국어로 커아이(可爱)라고 소리냅니다. 한자 말이므로 아마 중국의 커아이가 일본으로 건너와 가와이가 된 모양입니다. 커아이(可爱)→가와이(可愛い). 일본어로 귀여운 여자는 가와이온나(可愛いおんな), 중국어로는 커아이뉘셩(可爱女生)로 쓰임도 비슷하군요. 일본에서 가와이는 귀여운 소녀뿐만 아니라 귀여운 모든 것에 쓰이는 말입니다. 귀엽다는 말은 일본 특유의 아기자기함이라고도 할 수 있습니다. 문구류, 팬시용품 등은 대표적인 가와이 상품입니다. 일본 아이돌도 예쁘다는 말보다 가와이라는 말을 더 많이 듣죠. 전자업계에서는 경소단박(輕小短薄 가볍고 작고 짧고 얇고)이 가와이입니다. 가히, 가와이 문화(可愛い文化)라고 할 수 있습니다. 가와이 문화는 1970년대 청소년을 겨냥해 시작되어 1980년대 여러 잡지와 만화에서 가와이를 언급하며 대중화되었습니다.

가와이 고니와 다비오 사세요[可愛(かわい)い 子(こ)には 旅(たび)を させよ]。 사랑하는 자식에겐 여행을 시켜라(고생을 시켜라).

138. 일본어 기초 5) 일본어는 한국어와 어순이 같다?

♣ 일본어는 한국어와 어순이 거의 같습니다.

일본어의 기본 어순은 '주어+목적어+동사'인데 한국어 기본 어순도 '주어+목적어+동사'입니다. 일본어로 '나는 밥을 먹는다' 하면 '주어 와따시와(私は)+목적어 고항오(ご飯を)+동사 다베루(食べる)。'가 됩니다. 한국어로는 '주어 나는+목적어 밥을+동사 먹는다.'로 일본어 어순과 같습니다. 여기에 '은/는, 이/가, 을/를' 같은 조사의 쓰임도 같습니다. '주어 와따시와(私は)+목적어 고항오(ご飯を)+동사 다베루(食べる)。'에서 와(は 은/는)와 오(を을/를)가 조사입니다. 또 동사의 활용도 비슷하지요. 다베루(食べる)의 '다베(食べ)'을 근간으로 하여 '루(る)' 자리만 변화하는데 먹다먹는다도 '먹'을 근간으로 '다' 또는 '는다'만 변화합니다. 다베루(食べる)→먹다먹는다, 다베마스(食べます)→먹습니다, 다베요우(食べよう)→먹읍시다, 다베레바(食べれば)→먹는다면, 다베로(食べろ)→먹어라) 다베라레루(食べられる)→먹을 수 있다, 바베나이(食べない)→먹지 않는다. 이렇듯 일본어는 한국어와 어순, 조사 쓰임이 같고 동사 활용도 비슷하여 한국어 하듯 일본어를 공부하면 됩니다.

니혼고와 캉고쿠고또 고쥰가 호돈도 오나지다[日本語(にほんご)는 韓国語(かんこくご)と 語順(ごじゅん)が ほとんど 同(おな)じだ]。
일본어는 한국어와 어순이 거의 같다.

139. 일본에서는 맛있다고 할 때 오이가 시었다고 한다.

♣ '맛있다'는 일본어로 오이시입니다. '오이가 시었다'는 개그입니다.

일본에서 음식을 먹고 맛있으면 오이시(美味しい おいしい 미미しい)라고 합니다. 약간 호들갑을 떨어야 제맛이 나지요. 일본어 오이시(美味しい)는 중국어로 메이웨이(美味)로 발음하는데 '맛있는 음식, 맛이 좋다'라는 뜻입니다. 오이시라는 단어도 중국어에서 일본으로 전해진 듯하군요. 일본어로 맛있는 음식은 오이시 다베모노(おいしい 食べ物)라고 하고 중국어로 맛있는 요리는 메이웨이쟈야오(美味佳肴)라고 합니다. 오이시와 메이웨이의 쓰임이 비슷하군요. 맛있는 음식은 비미(美味 びみ). 오이시 외 맛있다는 우마이(美味い). 오이시와 우마이는 美味라는 한자가 같은데 발음은 다르군요. 둘을 차이는 오이시가 우마이보다 격(?)이 높은 말이고 우마이는 오이시보다 편하게 할 수 있는 말이라고 합니다. 남녀에 따라서도 남자는 우마이, 여자는 오이시를 쓴다고 하네요. 지역에 따라서는 오사카를 중심으로 한 간사이 지역이 우마이, 도쿄를 중심으로 한 관동 지역이 오이시를 더 많이 쓴다고. 그러거나 말거나.

오이시이 다베모노데모 이쯔모 다베루또 운자리스루[おいしい 食(た)べ物(もの)でも いつも 食(た)べると うんざりする]。
맛있는 음식도 늘 먹으면 지긋지긋하다.

140. 질문할 때 끝에 까만 붙이면 된다?

♣ 일본어는 질문할 때 문장 끝에 까만 붙이면 됩니다.

앞서 일본어는 한국어와 어순이 거의 같다고 했는데 의문문도 거의 같습니다. 한국어 문장 끝에 '까'를 붙이면 의문문이 되는데 일본어 문장도 끝에 '까'를 붙이면 의문문이 됩니다. '나는 한국인입니다'는 '와따시와(私は)+캉고쿠데스(韓国です)'인데 의문문으로 하면 문장 끝에 의문조사 '까(か)'만 붙여 '나는+한국인입니+까?'는 '와따시와(私は)+캉고쿠데스(韓国です)+까(か)?'가 됩니다. 한국어의 '까'가 일본으로 넘어가 '까(か)'가 된 것인가요? 중국어도 문장 끝에 의문 조사 '마(吗)'만 붙이면 의문문이 됩니다. '나는 한국인이다'는 '워(我)+쓰(是)+한궈런(韩国人).'인데 문장 끝에 의문조사 '마(吗)'를 붙이면 '나는 한국인입니까?'는 '워(我)+쓰(是)+한궈런(韩国人)+마(吗)?'가 됩니다. 데스(です) 문이 아닌 마스(ます) 문도 마찬가지로 문장 끝에 의문 조사 까(か)만 붙이면 됩니다. '술을 마십니다'는 '오사케오(お酒を)+노미마스(飲みます).'인데 의문문으로 하면 문장 끝에 의문조사 '까(か)'만 붙여 '오사케오(お酒を)+노미마스(飲みます)+까(か)?'가 됩니다. 단, 문장 끝 '까(か)'의 발음은 살짝 올려줍니다.

니혼고노 기몽분와 분모쯔니 '카'다케 쓰케레바이이[日本語(にほんご)の 疑問文(ぎもんぶん)は 文末(ぶんまつ)に 'か' だけ 付(つ)ければいい]。
일본어 의문문은 문장 끝에 '까'만 붙이면 된다.

141. 빠가는 바보다?

♣ 일본어로 빠가는 바보라는 말입니다.

일본어로 빠가(馬鹿 ばか 마녹)는 '바보'라는 뜻인데 보통 '녀석'을 뜻하는
야로-(野郎 やろう 야랑)를 붙여 빠가야로-(馬鹿野郎 ばかやろう), '바보 녀
석'이라고 합니다. 빠가(馬鹿)에서 빠(馬)는 '말', 가(鹿)는 '사슴'인데 왜 바
보라는 뜻이 되었을까요? 그런데 말과 사슴을 구분하지 못하면 바보라고
할 수 있지 않을까요. 진나라 때 진시황이 죽자, 환관 고조와 승상 이사
가 황제의 칙서를 위조하여 형 부소 대신 어린 호해를 왕위에 올렸습니
다. 환관 고조는 승상이 되어 호해를 섭정하니 권세가 하늘을 찔렀죠. 하
루는 고조가 사슴을 가리켜 말이라고 하니 아무도 아니라는 말을 하지 못
했습니다. 이를 지록위마(指鹿爲馬)라고 합니다. 사슴을 사슴이라 말하지
못하고 말이라고 하니 바보라고 할 만합니다. 지록위마(指鹿爲馬)에서 빠
가(馬鹿)가 온 것인가요. 빠가(馬鹿)는 중국어로 말도 사슴도 아닌 고라니
를 뜻합니다. 빠가는 한자로 馬鹿가 아닌 寞迦로 쓰기도 합니다. 寞迦의
막(寞)은 '고요할 막', 가(迦)는 '부처 이름 가' 입니다. 불교와 관련된 단
어인가요. 그런데 막가의 뜻이 '앞뒤를 고려하지 않고 막되게 하는 행동'
이네요. 이런 행동을 하는 사람을 바보라고 할 수 있겠죠.

빠가또 하사미와 쓰카이요-[馬鹿(ばか)と 鋏(はさみ)は 使(つか)いよう]。
바보와 가위는 쓰기 나름.

142. 사요나라는 긴 이별을 뜻한다?

♣ 일본어 사요나라는 긴 이별을 할 때 하는 인사입니다.

사요나라(左様なら さようなら 좌양나라)의 사요(左様)는 '그렇게, 그처럼', 나라(なら)는 '그러면, 그렇다면' 해서 직역하면 '그렇게 그렇다면', 의역하면 '안녕히 가세요'입니다. 그런데 사요나라를 매번 보는 사이에서는 쓰면 안 된다고 합니다. 왜냐하면, 사요나라는 긴 이별을 할 때 사용하는 인사이기 때문입니다. 달리 말하면 언제 볼지 모르니 잘 있으라는 말입니다. 오늘 헤어지고 내일 보는 사이라면 '사요나라' 해서는 안 되겠지요. 긴 이별이 아닌 짧은 이별에는 '쟈(じゃ 그럼)', '쟈아네(じゃあね 그럼 이만)', '마따네(またね 또 보자)' 같은 인사를 씁니다. 중국어에도 짧은 이별 인사가 있습니다. 짜이찌엔(再见)은 직역으로 '다시 봅시다'인데 의역하면 '안녕히 가세요'가 됩니다. 짜이후이(再会)라는 말도 있는데 '다시 만나자'는 말입니다. 중국어 이별 인사에서 사요나라와 같은 의미의 단어도 있습니다. 이루쑨펑(一路顺风)은 '가는 길이 순조롭기를 바랍니다'라는 뜻이죠. 예전, 배 타고 멀리 떠날 때 썼던 이별 인사입니다. 항해 시 부드러운 순풍을 만나야 난파하지 않고 안전하게 갈 수 있지요. 그 외 닌뚜워바오쭝(您多保重)은 '잘 지내세요'라는 말입니다.

사요나라와 나가이 와카레오 이미스루[サヨナラは 長(なが)い 別(わか)れを 意味(いみ)する]. 사요나라는 긴 이별을 뜻한다.

143. 3은 일본어로 산, 중국어로 싼, 한국어로 삼이다?

♣ 3은 일본어로 '산', 중국어로 '싼', 한국어로 '삼'입니다.

숫자 3은 일본어 음독으로 '산(三 さん)', 훈독으로 '미(み)·미쓰(みつ)·밋쓰(みっつ)'입니다. 음독은 중국어 발음에 기반한 한자 읽기이고 훈독은 뜻에 기반한 한자 읽기이죠. 숫자 3은 중국어로 '싼(三)', 한국어로 '삼(三)'입니다. 중국어 싼(三)이 일본으로 넘어와 산(三 さん), 한국으로 넘어와 삼(三)이 된 모양이네요. 반대로 한국의 삼(三)이 중국으로 가 싼(三), 일본으로 가 산(三)이 되었을 수도 있고요. 숫자 1은 일본어 음독으로 이찌(いち)·이쓰(いつ), 중국어로 이(一), 한국어로 일(一), 숫자 2는 일본어 음독으로 니(二 に), 중국어로 얼(二), 한국어로 이(二), 숫자 4는 일본어 음독으로 시(四 し), 중국어로 쓰(四), 한국어로 사(四), 숫자 5는 일본어 음독으로 고(五 ご), 중국어로 우(五), 한국어로 오(五), 숫자 6은 일본어 음독으로 로꾸(六 ろく), 중국어로 리우(六), 한국어로 육(六), 숫자 7은 일본어 음독으로 시찌(七 しち), 중국어로 치(七), 한국어로 칠(七), 숫자 8은 일본어 음독으로 하찌(八 はち), 중국어로 빠(八), 한국어로 팔(八), 숫자 9는 일본어 음독으로 큐(九 きゅう)·쿠(く), 중국어로 지우(九), 한국어로 구(九)입니다.

산와 니혼고데 산, 츄-꼬꾸데 싼, 캉꼬쿠데 삼[3は 日本語(にほんご)で さん, 中国語(ちゅうごくご)で 三, 韓国語(かんこくご)で 삼].
3은 일본어로 산, 중국어로 싼, 한국어로 삼.

144. 대마도에서는 친구를 칭구라고 말한다?

♣ 대마도에서는 친구를 '칭구'라고 말합니다.

대마도에서는 친구(親舊)를 '칭구(ちんぐ)', 친구 가게를 '칭구야(ちんぐ屋)'라고 부릅니다. 쓰시마[対馬 つしま 대마(도)]는 한반도와 규슈 중간에 있는 섬입니다. 섬의 면적은 696.1㎢로 대한민국 제주도의 8분의 3 크기입니다. 대마도는 부산에서 날이 좋은 날이면 보일 정도로 가깝습니다. 1817년 11월 경주에서 조성한 1천 개의 불상을 해남으로 해상 운반하던 중 부산에서 태풍을 만나 일본 나가사키까지 표류했다가 대마도를 거쳐 돌아온 전남 화순 쌍봉사의 풍계 현정 스님에 따르면 대마도 사람은 저마다 자기가 조선 사람이라고 했다고 합니다. 그곳 언어는 한국어와 일본어를 모두 사용했는데 한 번도 일본을 본국이라 여기지 않았다고. 사실 대마도는 농사지을 땅이 부족해 대대로 식량은 한반도 남부에서 조달하였고 한반도와 일본 간의 중계무역으로 살아갔습니다. 또한, 메이지 유신으로 우리도 도(道) 격인 번(藩)이 철폐(폐번치현)되기 전까지 일종의 지방자치를 하여 중앙 정부인 막부와 느슨한 관계였습니다. 언어도 메이지유신 전에는 동네에서 조선어를 쓰든 일본어를 쓰든 상관없었습니다.

칭구(ちんぐ) : (대마도에서) 친구
도모다찌(友達 ともだち) : 친구
유-진(友人 ゆうじん) : 친구

145. 일본어는 한국의 고대어?

♣ 일본어는 한국의 고대어라고 할 수 있습니다.

한국 삼국시대 때 많은 문물이 일본에 전해진 것은 널리 알려진 사실입니다. 특히 백제와 왜(일본)는 밀접한 관계를 맺고 있었습니다. 〈일본서기〉와 〈고사기〉에 따르면 진구(神功) 왕후 46년(366)에 백제와 왜가 최초로 국교를 수립했다고 합니다. 백제는 학자를 왜에 보내 학문과 기술을 전수했는데 대표적인 이가 아직기와 왕인입니다. 아직기는 경서에 능해, 근초고왕 때 쇼토쿠 태자의 스승으로 임명되었습니다. 왕인은 백제 아신왕 때 오진(応神) 천왕의 요청으로 논어와 천자문을 가지고 도공, 야공(대장장이), 와공 등과 함께 왜로 건너갔고요. 왕인이 일본 사람에게 글을 가르쳐 학문과 인륜의 기초를 세우고 일본 가요(시)를 창시하였으며 기술과 공예를 전수해 아스카(飛鳥) 문화와 나라(奈良) 문화의 바탕이 되었습니다. 앞서 일본어는 '한자+히라가나, 가타카나'로 쓴다고 했는데 역사를 보면 아직기와 왕인 한자(칸지)를 전수한 셈이고 한자를 간략하게 한 게 일본 문자인 히라가나와 가타카나입니다. 외적인 글자뿐만 아니라 내적인 한자의 음독이 한국어 발음과 비슷하고 일본어 어순(문법)이 한국어 어순과 거의 같아(언어의 유사성), 일본어의 뿌리가 한국의 고대어라고 추정됩니다.

니혼고노 루쯔와 캉고쿠고[日本語(にほんご)の ルーツは 韓国語(かんこくご)]。일본어의 뿌리는 한국어.

146. 위는 우에, 아래는 시타다?

♣ 일본어로 위는 '우에', 아래는 '시타'입니다.

일본어로 위는 上의 훈독으로 '우에(うえ)'입니다. 위에는 '위, 부근, (접미사) 손윗사람을 이를 때 덧붙이는 말'의 뜻이 있습니다. 우에가 들어간 단어로는 연장자를 메-에(目上 めうえ 목상), 연상을 도시우에(年上 としうえ 연상), 바로 위를 마우에(真上 まうえ 진상)라 합니다. 일본어로 아래는 下의 훈독으로 '시타(した)'입니다. 시타는 '아래, 하부, 예비'의 뜻이 있습니다. 시타가 들어간 단어로는 속옷과 내의는 시타기(下着 したぎ 하착), 초안은 시타가키(下書 したがき 하서)가 있습니다. 시타기의 반대말은 우에기(上着 うわぎ 상착)인데 '겉옷'이라는 뜻입니다. 上의 음독은 '죠(じょう)·쇼(しょう)', 下의 음독은 '카(か)·게(げ)'네요. 음독이니 중국어 上과 下 발음과는 어떨까요? 중국어 上은 '샹', 下는 '쌰'라고 발음하는군요. 上과 下의 중국 발음은 일본어 발음과 완전히 다르네요. 그 대신 한국어 발음과 비슷합니다. 정리하면 上의 일본어 음독 '죠(じょう)', 중국어 발음 '샹', 한국어 발음 '상', 下의 일본어 음독 '카(か)', 중국 발음 '쌰', 한국 발음 '하'.

히따리(左 ひだり) : 좌, 왼쪽
미끼(右 みぎ) : 우, 오른쪽

147. 기차, 기자, 귀사의 발음이 똑같다?

♣ 일본어로 기차, 기자, 귀사의 발음은 '키샤'로 같습니다.

일본어로 기차(汽車)는 '키샤(きしゃ)', 기자(記者)도 '키샤(きしゃ)', 귀사(帰社 회사로 돌아감)도 '키샤(きしゃ)', 다른 귀사(貴社 상대 회사를 높여 부르는 말)도 '키샤(きしゃ)'로 발음이 같습니다. 이를 동음이의어라고 합니다. 다른 동음이의어로는 사망(死亡)이 시보-(しぼう), 지방(脂肪)도 시보-(しぼう), 지망(志望)도 시보-(しぼう), 사망(四望 사방의 조망)도 시보-(しぼう). 이런 동음이의어도 있지요. 이동(移動)은 이도-(いどう), 이동(異動 직장, 근무처 등을 이동)도 이도-(いどう), 이동(異同 다름)도 이도-(いどう), 의도(医道 의술)도 이도-(いどう). 동사 동음이의어는 열다(開ける)는 아케루(あける), 비우다(空ける)도 아케루(あける), 밝다(明ける)도 아케루(あける). 형용사 동음이의어는 덥다(暑い)는 아쓰이(あつい), 덥다(熱い)도 아쓰이(あつい), 두껍다(厚い)도 아쓰이(あつい), 위독하다(篤い)도 아쓰이(あつい). 이렇듯 동음이의어가 많은 까닭은 일본어 모음이 아(あ), 이(い), 우(う), 에(え), 오(お) 등 5개, 반모음이 야(や), 유(ゆ), 요(よ), 와(わ) 등 4개에 불과하기 때문입니다. 그에 비해 한글 모음(단모음+이중 모음)은 21개.

키샤노 키샤와 곤야노 키샤데 키샤스[貴社(きしゃ)の 記者(きしゃ)は 今夜(こんや)の 汽車(きしゃ)で 帰社(きしゃ)す]。
귀사의 기자는 오늘 밤 기차로 귀사한다.

148. 일본어 공부 웃으며 시작해서 울고 나오는 이유는?

♣ 일본어 공부는 초급 때는 쉬워 보이나 고급 때는 어렵기 때문입니다.

일본어 공부를 시작할 때 한자 알고 히라가나와 가타카나 익히면 어순이 한국어 어순과 거의 같으므로 일본어가 쉬워 보입니다. 실제 일본어 한자 (칸지) 읽기는 한국어 읽기와 비슷해, '한자+히라가나' 일본어 폼에 적응하기 수월합니다. 또 히라가나 50음도만 외우면 웬만한 일본어 표기를 읽고 쓸 수 있고, 가타카나를 알면 일본어 외래어 표기를 읽을 수 있지요. 일본어 기본 어순은 '주어+목적어+동사'인데 한국어 어순과 같으므로 문장을 이해하는 데 어려움이 적습니다. 주격 조사 '은/는, 이/가(は, が)', 목적격 조사 '을/를(を)'의 역할도 같습니다. 동사 활용도 한국어 동사 활용과 비슷합니다. 그런데 왜 울면서 나온다는 것일까요. 그것은 '디테일 (detail 섬세함)' 때문입니다. 어려움의 첫 번째는 は(와), が(가), を(오), の(노), に(니), へ(헤) 등 일본어 조사의 적절한 사용입니다. 이른바 '아 다르고 어 다르다'라는 뉘앙스 차이죠. 두 번째는 사역형과 수동태 문장입니다. 우리가 잘 쓰지 않는 문장이라 어려운 거죠. 세 번째는 경어체 문장입니다. 비즈니스 시 경어체 문장을 사용한다는데 따로 경어체 문장을 익혀야 하는 수고가 있지요. 네 번째는 한자의 다양한 음독과 훈독입니다. 한자마다 잘 쓰는 음독과 훈독이 있지만, 그 외 소소하게 쓰이는 게 있어 공부해야 합니다.

149. 일본에서는 마누라는 여보라고 한다?

♣ 일본에서는 마누라를 '뇨보'라고 합니다.

한국에서 마누라를 '여보'라고 하는데 일본에서는 마누라를 '뇨-보-(女房 にょうぼう 여방)'라고 합니다. 한국의 여보→일본의 뇨보, 비슷하네요. 진짜 여보는 일본어로 아나따(貴方·貴下 あなた 귀방·귀하)인데 주로 아내가 남편을 부를 때 쓰는 말입니다. 아나따는 '당신'이란 뜻도 있는데 '여보'라는 뜻을 생각하면 꽤 친하지 않은 사람에게 쓰면 조금 이상해집니다. 남편은 슈진(主人 しゅじん 주인), 아내는 카나이(家内 かない 가내)라고 합니다. 연인 간의 호칭은 ~상(さん)으로 시작해 ~쿤(君 くん 군)으로 불리면 연인이 된 것으로 볼 수 있죠. ~쿤은 어린 남자아이, 학교 친구나 직장 동료 간에도 쓰입니다. 직장 상사가 부하 여직원을 부를 때도 ~쿤이라고 하더군요. 친한 사이의 호칭은 ~짱(ちゃん)이라고 합니다. ~짱은 남녀모두 사용하지만, 주로 여자에게 사용합니다. 기본적인 호칭은 ~상(さん). ~씨 정도의 뜻으로 우리와 달리 연장자에게도 ~상이라고 부르면 됩니다.

뇨-보-노 와루이와 잇쇼-노 후사꾸[女房(にょうぼう)の 悪(わる)いは 一生(いっしょう)の 不作(ふさく)]。 아내 나쁜 것은 평생의 흉작.

보쿠(僕 ぼく) : (아랫사람이 윗사람에게) 저
와따시(私 わたし) : 나, 저 / 오마에(お前 おまえ) : 너

150. 꽃미남은 색남이라고 한다?

♣ 일본어로 꽃미남은 '이로오도꼬(색남)'라고 합니다.

일본어로 꽃미남은 '이로오도꼬(色男 いろおとこ 색남)'라고 합니다. 사전적으로는 '여자에게 인기가 있는 미남자, 정부, 호색한'의 뜻이 있네요. 옛날 일본 영화 중에 〈愛(あい)と 平成(へいせい)の 色男(いろおとこ) 사랑과 헤이세이의 색남〉이라는 영화가 있습니다. 헤이세이는 아키히또 일왕 때 연호로 1989년~2019년까지를 말합니다. 영화 주인공은 치과의사이자 재즈클럽 색소폰 연주자로 결혼을 꺼리는 플레이보이(색남)입니다. 사귀던 여자가 결혼하자고 하자 핑계를 대고 거절하고 클럽에서 낮에는 화랑에서 일하고 밤에는 클럽에서 일하는 여인을 만나는데... 순한 맛의 꽃미남은 이케멘(イケメン). 이케멘을 높여서 이케사마(池様 いけさま 지양) 또는 이케멘사마(イケメン様 イケメンさま)라 합니다. 이로오도꼬의 반대말은 게사멘(ブサメン), 즉 '추남'라는 뜻입니다. 꽃미녀는 이로온나(色女 いろおんな 색녀)로 '미인, 색정적인 여자, 정부'의 뜻이 있네요. 꽃미남보다 한 단계 아래(?)인 미남은 비난(美男 びなん)입니다. 미녀는 비죠(美女 びじょ)고요. 미녀의 반대말은 시고메(醜女 しこめ 추녀)라고 합니다.

이로오도꼬 카네또 찌까라와 나까리께리[色男(いろおとこ) 金(かね)と 力(ちから)는 無(な)かりけり].
여자에게 인기가 있는 미남자란 돈과 힘[권력]은 없는 법이다(실속 없다).

151. 일본어를 세로로 쓰는 이유?

♣ 일본어를 세로로 쓰는 이유는 일본어가 한자로부터 만들어졌기 때문입니다.

중국에서 칸지(漢字 かんじ 한자)는 본래 죽간에 다데(縱 たて 종), 즉 세로로 썼습니다. 한자가 한국, 일본으로 전래하여 예전 한국과 일본도 세로로 글자를 썼지요. 일본은 요즘도 신문이나 주간지, 책 등을 세로로 씁니다. 한국은 1990년대 세로쓰기를 버리고 완전한 가로쓰기를 하고 있습니다. 일본어를 세로로 쓰는 이유는 일본어가 한자로부터 만들어졌기 때문입니다. 또한 '한자+히라가나' 형태로 쓰고 있기도 하고요. 한자가 시각에 따라 사상을 전달하는 문자인 표의문자(表意文字)여서 세로로 써도 헷갈릴 것이 없다는 것도 한 이유이겠지요.

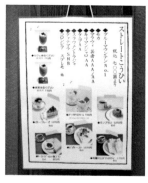

메뉴(세로 쓰기)

일본은 근래에 들어 가로쓰기가 점차 늘고 있습니다. 책은 세로쓰기와 가로쓰기가 반반 정도이고 인터넷은 거의 가로쓰기입니다. 일본이 개항 이래로 뭐든 서양 따라 하기 바빴는데 서양의 가로쓰기를 따라 하지 않은 것은 이상한 일입니다. 서양 글자의 근간인 로마자(알파벳)나 아라비아 숫자는 세로쓰기가 매우 불편하여 가로쓰기가 기본입니다. 현대에 들어 일본어에 로마자, 아라비아 숫자를 혼용할 일이 많으므로 세로쓰기보다 가로쓰기가 더 편리합니다.

다데가끼(縦書き たてがき) : 세로쓰기
요꼬가끼(横書き よこがき) : 가로쓰기

VI. 일본 시사와 상식

152. 일본 관료가 야스쿠니 신사에 참배하는 이유는?

♣ 일본 관료는 전몰영령을 기린다는 의미로 야스쿠니 신사를 참배하고 있습니다.

도쿄 야스쿠니 진쟈(靖国神社 やすくにじんじゃ 야스쿠니 신사)는 1869년 메이지 천왕이 도-쿄- 쇼-콘쟈(東京招魂社 とうきょうしょうこんじゃ 동경 초혼사)라는 이름으로 에도 막부 말 개국에 반대한 100인의 사무라이를 탄압한 안세이노 다이고꾸(安政の大獄 あんせいの たいごく 안정의대옥) 희생자를 기리기 위해 설립되었습니다. 가장 먼저 봉인된 사람은 이토 히로부미의 스승이자 정한론을 주장한 요시다 쇼-인(吉田松陰 よしだ-しょういん 길전송음)입니다. 요시다 쇼인은 아베 전 수상이 가장 존경한다고 하는 인물로 우익의 시조 격이 되는 사람입니다. 이후 청일전쟁과 중일전쟁의 희생자, 제2차 세계 대전 후 도-조- 히데키(東條英機 とうじょう-ひでき 동조영기) 전 수상 같은 전범들이 합사되어 군국주의의 상징이 되었습니다. 따라서 일본 관료들이 야스쿠니 신사에 참배한다는 것은 전쟁에 대한 반성이 없다는 의미이므로 전쟁 피해국에서 야스쿠니 참배에 반대하는 것입니다. 이런 논란의 해결책은 야스쿠니 신사에서 전범을 골라내거나(분사) 전범이 아닌 전몰영령을 위한 국립묘지를 따로 만들면 됩니다.

진쟈(神社 じんじゃ) : 신사. 일본 고유의 종교인 신도(神道)의 사당
진구-(神宮 じんぐう) : 신사보다 격이 높은 신사. 제신이 주로 천왕

153. 일본은 태평양 전쟁 당시 미국에 항복했을 뿐이다?

♣ 태평양 전쟁 당시 일본은 연합 4국의 대표이자 태평양 전쟁의 당사자인 미국에 항복했을 뿐입니다.

일본 관료가 전범이 합사된 야스쿠니 신사(靖国神社)에 참배하는 것에서 알 수 있듯이 일본은 과거 전쟁을 일으켜 이웃 나라의 수많은 인명을 살상한 죄를 인정하지 않고 있습니다. 단지, 미국, 영국, 소련, 중화민국 등 연합 4국의 대표이자 태평양 전쟁의 당사자인 미국에 항복해 머리를 조아릴 뿐이죠. 오히려 1945년 8월 6일 히로시마, 9일 나가사키 원폭 투하로 많은 인명이 희생되었다며 원폭 피해국으로 자처하고 있습니다. 졸지에 전쟁 가해자에서 전쟁 피해자로 바뀐 모습입니다. 당시 중화민국은 공산당과의 국공내전을 겪고 있었고 한국은 일제의 식민지여서 제2차 세계 대전 때 일본의 항복에 관여할 수 없었습니다. 소련은 유럽에서 이탈리아, 독일이 항복하자, 동아시아로 눈길을 돌려 8월 8일 일본에 선전포고를 하나 소련의 영향력 확대를 우려한 미국이 천왕제 보존을 원한 일본의 요구를 들어주고 재빨리 항복을 받아냈습니다. 따라서 소련도 일본의 항복에 별로 관여할 수 없었지요. 일본은 미국에만 항복해 다른 나라에 전쟁 가해자였다는 것을 잊고 기고만장하고 있습니다.

소렌(ソ連 ソれん) : 소련
츄-가민꼬꾸(中華民国 ちゅうかみんこく) : 중화민국

154. 보통 일본 사람은 독도 분쟁에 관심 없다?

♣ 보통 일본 사람은 독도 분쟁을 우익 또는 정치권 문제라고 봅니다.

독도는 한국 땅인데 일본은 독도를 다케시마(竹島 たけしま 죽도)라 부르며 자기 땅이라고 우기고 있습니다. 일본은 러일전쟁 때 울릉도와 독도에 러시아 함대를 감시하기 위한 망루를 세우면서부터 독도의 중요성을 알게 되었습니다. 그런데 한국 해방 후에도 독도에 대한 욕심을 버리지 못하고 있죠. 일본 우요꾸(右翼 うよく 우익)는 정한론을 주장한 요시다 쇼인(吉田松陰)을 시조로 하는 집단으로 독도를 자기 땅이라고 우기는 게 정한론을 계승하는 것이 되기에 터무니없는 주장을 하고 있습니다. 일본 정치권에서는 갈등의 배설구로써 크게 한국, 작게 독도를 이용하고 있죠. 퍽 하면 남 탓이 아니라 한국 탓, 독도 탓을 합니다. 한국이 보살이지요. 한국도 갈등의 배설구로 일본, 대마도를 충분히 이용할 수 있는데 성자처럼 이용하지 않고 있습니다. 사실 대마도는 대대로 한반도의 경제권 아래에 있었고 조선이 대마도를 정벌한 적도 있습니다. 보통 일본 사람은 독도 분쟁을 잘 모르고 관심도 없습니다. 중국과 분쟁을 겪고 있는 센가쿠쇼도-(尖閣諸島 せんかくしょとう 첨각제도)는 일본이 실효 지배하여 관심이 있을지 몰라도 독도는 실효 지배도 하지 못하는 공수표이기 때문입니다.

독도와 캉꼬꾸료-도[独島(トクト)は 韓国領土(かんこくりょうど)]。
독도는 한국영토

155. 전공투 세대란 무엇인가?

♣ 일본에서 1960년대 말 전공투를 경험한 세대를 말합니다.

젠쿄-도-(全共鬪 ぜんきょうとう 전공투)는 젠가꾸쿄-도-카이기(全学共鬪
会議 ぜんがくきょうとうかいぎ 전학공투회의)의 줄인 말입니다. 전공투는
1968년~69년 일본 대학에서 바리케이드 스트라이크(バリスト バリスト)
같은 무력 학생운동 하던 시절, 분토(Bund ブント 분트)와 삼파전학련이
학부와 정파를 초월해 결성한 학생운동 연합체입니다. 1958년 일본의 신
좌파 정파인 교-산슈기샤도-메이(共産主義者同盟 きょうさんしゅぎしゃどう
めい 공산주의자동맹)가 결성되었고 약칭으로 공산동(共産盟) 또는 독일어
로 '동맹'을 뜻하는 분트(Bund ブント)라고 했습니다. 삼파전학련은 분트,
해방파, 중핵파를 뜻하는데 이중 좌파인 분트가 주도권을 가졌습니다. 당
시 학생운동의 원인은 기숙사 규정 개악 반대, 등록금 인상 반대, 학생회
관 관리운영권 다툼 등으로 다양했습니다. 전공투 중 가장 유명한 것은
니혼대학의 일대전공투와 도쿄대학의 동대전공투입니다. 동대전공투에서는
학생들이 도쿄대 야스다 강당을 점거해 투쟁을 벌이다 분파 갈등이 일어
났고 끝내 경찰 기동대에 진압되었습니다. 이 투쟁은 일본 학생운동의 절
정이자 쇠락의 계기가 되었습니다. 이후로는 일본 내 유일한 사회비판 세
력이던 학생운동이 사라지고 말았습니다.

가쿠세이운도-[学生運動 がくせいうんどう] : 학생운동

156. 일부 일본 사람은 한국인을 조센징이라고 부른다?

♣ 극우 같은 일부 일본 사람은 한국인을 '조센징'이라 부릅니다.

죠-센징(朝鮮人 ちょうせんじん 조선인)은 원래 인종차별적인 의미가 없었으나 일제강점기를 거치고 현대에 이르러 극우 같은 일부 일본 사람이 한국인을 멸시하는 말로 사용하고 있습니다. 죠-센징은 말 그대로 조선인이라는 뜻입니다. 조선인의 조선은 보통 이씨 조선을 뜻하지만, 멀리는 한국의 시조인 고조선 또는 조선을 뜻하기도 합니다. 맞습니다. 원래 우리는 조선인이었습니다. 고려 때에는 아라비아까지 대외무역이 연결되어 세계에서 한국을 고려, 즉 코리아(Korea)라는 이름으로 불렀습니다. 고려라는 명칭(국호)은 사실 고구려를 계승한다는 의미이기도 하여 고려에서 고구려를 보게 됩니다. 우리는 한때 일본을 속되게 불러 "와(倭 わ)"라고 할 때가 있었습니다. 원래 왜(倭)는 중국 동쪽 해안과 섬, 바다 건너 한반도, 일본 등에 살던 사람의 통칭이었는데 훗날 한국과 중국이 일본을 부르는 국호로 좁혀졌습니다. 따라서 원래 왜에 비하의 의미가 없었지만, 삼국시대 이래로 해적인 왜구가 한반도는 물론 중국에 출몰해 비하의 이름이 되었습니다. 극우 같은 일부 일본 사람이 우리를 죠-센징이라 부르면 상호주의에 따라 우리도 극우 같은 일부 일본 사람을 왜라 부르면 됩니다.

와(倭 わ) : 왜. 옛날 한국, 중국에서 일본을 부르던 말
와꼬-(倭寇 わこう) : 왜구. 옛날 일본 해적

157. 조선이나 일본 모두 해 뜨는 나라다?

♣ 조선이나 일본 모두 '해 뜨는 곳(나라)'이라는 뜻이 있습니다.

중국 사람은 (고)조선, 고구려, 발해의 근거지였던 만주에 사는 소수민족을 조선족(朝鮮族)이라 부릅니다. 조선인(朝鮮人)에서 한국의 시초가 되는 조선을 유추하듯, 조선족에서 한국 사람이 조선(민)족임을 알 수 있습니다. 신채호 선생은 〈조선상고사〉에서 조선족이 최초 파미르 고원 또는 몽골에서 광명의 근원을 찾아 동방으로 와서 불함산(백두산)을 바라보고 명월(明月)이 출입하는 곳, 즉 광명의 신이 쉬고 잠자는 곳을 조선이라 했습니다. 쉬운 말로 해 뜨는 곳(나라)이 조선이라는 것입니다. (고)조선은 한민족의 첫 나라 이름이기도 한데 그 도읍이 아사달입니다. 아사달은 조선을 순우리말로 풀이한 것으로 아사는 아침(朝), 달은 곳(鮮)이라고 할 수 있습니다. 공교롭게 일본어로 아침이 아사(朝 あさ 조)인데 한자의 음을 딴 음독이 아닌 뜻을 딴 훈독이어서 조(朝)를 풀이한 아사달의 아사가 일본에 전해진 것이 아닌가 합니다. 일본은 원래 왜(倭)라 불렸는데 백제가 멸망한 후, '해가 가장 먼저 뜨는 곳'이라는 의미를 담아 니혼(日本 일본)이란 국호를 썼습니다. 그런데 백제(百濟)도 중국에서 볼 땐 해 뜨는 나라입니다. 결국 '조선=아사달=백제=일본'은 모두 '해 뜨는 나라'인 셈입니다.

죠-센모 니혼몬 다이요-가 노보루 구니[朝鮮(ちょうせん)も 日本(にほん)も 太陽(たいよう)が 昇(のぼ)る 国(くに)]。조선이나 일본 모두 해 뜨는 나라

158. 일본의 잃어버린 10년, 20년, 30년?

♣ 일본은 1980년대 후반부터 2021년 현재까지 장기 경제 침체를 겪어 잃어버린 30년이라고 합니다.

일본은 1980년대 후반 고도성장을 멈추고 경제 침체를 겪기 시작했습니다. 일본 경제는 1964년 도쿄 올림픽을 기점으로 1980년대 후반까지 20여 년 동안 고도성장을 이뤘죠. 하지만 1980년대 말 일본 경제가 무너지고 말았습니다. 그 원인은 1970년대 2차례의 오일쇼크 같은 세계사적 대전환이 있었지만 이를 극복했다는 안도감이 1980년대 게이자이바부루[経済(けいざい)バブル 경제버블]를 형성하였기 때문입니다. 경제버블은 부동산 가격의 폭등으로 이어져 도쿄 부동산을 팔면 미국 전체를 살 수 있을 정도였습니다. 1960~1980년대 일본 경제는 잘돼도 너무 잘되 자만에 빠졌었습니다. 일본은 삶아지는데도 모르는, 끓는 솥 안의 개구리 같았습니다. 일본은 경제 침체의 해결책으로 1997년에서야 기업·금융 구조조정을 시도했고 1990년대 이후 저출산·고령화 대응정책도 시행했으나 성과가 미비했습니다. 일본은 경제구조 변화에 대응해 새로운 성장동력 창출을 위한 개혁을 실행하지 못해 장기침체가 계속되었습니다. 그로 인해 잃어버린 10년이 20년, 30년이 되고 말았습니다.

니혼노 우시나와레따 산쥬-렌[日本(にほん)の 失(うしな)われた 30年(さんじゅうねん)]。 일본 잃어버린 30년

159. 일본 천왕은 한때 신으로 여겨졌다?

♣ 일본 천왕은 한때 신으로 여겼습니다.

일본 히로히토 천왕은 1945년 8월 15일 라디오 담화로 태평양 전쟁 항복선언을 하였습니다. 1945년 9월 2일 도쿄만의 미 군함에서 천왕 측이 항복문서에 서명했습니다. 일본의 항복 조건은 한가지, 천왕제의 유지였습니다. 그런데 1946년 1월 1일 히로히토 천왕이 자신의 신격을 부정하는 닌겐센겐(人間宣言 にんげんせんげん 인간선언)을 합니다. 천왕이 한국의 국권을 찬탈하고 태평양 전쟁을 일으켜 여러 나라의 수많은 인명을 살상케 한 전범으로 알았는데 신(神)이었군요. 본래 대일본제국 헌법에 천왕의 신성불가침 내용이 있었는데 천왕의 인간선언 후, 1946년 11월 3일 공포된 새 일본국 헌법에는 천왕은 단순히 일본의 상징으로 격하되었습니다. 설사 천왕이 신토-(神道 신도)에서 숭배하는 현인신(現人神)이라고 할지라도 고대 율령 시대 지나 최초의 막부인 가마쿠라 막부가 개설되며 이미 신격이 사라졌을 수 있습니다. 고대 율령 시대 천왕 밑에 사법·행정부 격인 태정관과 제를 올리는 신기관이 있었는데 태정관은 최초로 가마쿠라 막부가 생기며 유명무실해졌고 신기관만 남았기 때문입니다. 권력을 빼앗긴 천왕은 제를 올리는 신기관의 제관에 불과해 이미 신이 아니었습니다.

니혼덴노-와 카미데와 나이[日本天王(にほんてんのう)는 神(かみ)では ない]. 일본 천왕은 신이 아니다.

160. 가미카제는 자살 특공대 이름이다?

♣ 가미카제는 제2차 세계 대전 당시 폭탄 실은 비행기로 자폭 공격한 특공대 이름입니다.

가미카제(神風 かみかぜ 신풍)의 원조는 1274~1281년 원나라가 고려를 점령하고 일본을 침공했을 때 원나라 배를 전복시킨 폭풍우를 말합니다. 신풍은 신이 도와주었다기보다 태풍이라는 의례적인 자연현상을 일본이 다분히 자의적인 해석한 것입니다. 다른 표현으로 세이신쇼-리(精神勝利 せいしんしょうり 정신승리)라고 하지요. 또 다른 말로는 운이 좋았고요. 원나라 때 일본 공격을 제2차 일본 침공이라고 하면, 백제가 멸망 후 나당 연합군의 일본 공격을 제1차 일본 침공이라 할 수 있습니다. 제1차 일본 침공 시 일본은 규슈 다아지후(大宰府 だざいふ 대재부)에 산성을 쌓는 등 대비를 했으나 실제 백제 멸망 후 신라와 당나라 간 갈등이 생겨 나당 연합군의 일본 공격은 이루어지지 않았습니다. 제3차 일본 침공은 태평양 전쟁(제2차 세계대전) 때 미군의 일본 공격이라 할 수 있습니다. 당시 일본은 압도적인 미국의 군사력에 당해낼 수 없어 가미카제 특공대라는 이름으로 비행기에 폭탄을 싣고 미 함선에 돌진하는 무모한 일을 벌였습니다. 물론 성공하지 못했고 안타까운 인명만 희생되었죠.

가미(神 かみ) : 신 / 카제(風 かぜ) : 바람
가미카제 택시[神風(かみかぜ) タクシー] : 총알택시, 신풍택시

161. 일본은 불교국가인가, 신도국가인가?

♣ 일본은 태평양 전쟁 패전 이전에는 신도를 국교로 하는 나라였습니다.

신토-(神道 しんとう 신도)는 일본 고유의 전통 신앙입니다. 신도는 만물에 대한 숭배, 즉 애니미즘(Animism) 성격을 띤 원시적인 종교라고 할수 있습니다. 신도에는 특별한 신이 없으니 여느 종교처럼 신에 대한 일대기나 말씀을 모은 경전이 없습니다. 훗날 만물에서 씨족신과 고장의 수호신, 왕족 등으로 구체화한 신이 출현하긴 합니다. 일본은 태평양 전쟁 패전 이전에 신도를 국교로 하는 나라였습니다만, 그렇다고 신도가 국교로서의 역사가 긴 것은 아닙니다. 신도가 국교가 된 것은 1868년 메이지원년 정부가 신부쯔한젠레이(神仏判然令 しんぶつはんぜんれい 신불판연령)을 내리고부터이기 때문입니다. 신불판연령은 신도와 불교를 함께 것을 부정하고 신도를 불교에서 독립시키고자 한 것입니다. 6세기 처음 불교가 백제에서 일본으로 전파되었는데 불교는 어떤 의미로 체계의 종교입니다. 이미 교리의 체계, 의례의 체계가 정교하게 잡힌 선진 종교인 것이죠. 이에 신도가 불교에 이끌려 신도와 불교가 뒤섞여(혼효 混淆)버렸습니다. 가령, 불교 사찰 안에 신사 있고 신사에서 불상을 신을 모시기도 했습니다. 따라서 메이지 원년 전에는 일본은 불교국가이자 신도국가였습니다.

신부쯔가 간노-스루[神仏(しんぶつ)が 感応(かんのう)する].
신불이 감응하다(소원을 들어주다).

162. 일본에 공산당이 있다?

♣ 일본 정당 중에 공산당이 있습니다.

왠지 미국을 좋아하는 일본에는 교-산또-(共産党 きょうさんとう 공산당)이 없을 것 같은데 공산당이 있습니다. 일본 공산당은 1922년 7월 창당했고 중국 공산당은 1년 전인 1921년 7월, 조선 공산당은 3년 후인 1925년 4월 창당했습니다. 초기 일본 공산당은 침략전쟁과 군국주의 반대, 천왕제 폐지를 주장하였으나 씨알도 먹히지 않았고 정당으로 인정도 받지 못했습니다. 그런데 1945년 8월 일제가 태평양 전쟁에서 패하고 미군정 하인 10월 합법 정당임을 인정받았습니다. 1946년과 1949년 총선거에서 공산당이 의석을 얻기도 하였고요. 한국전쟁(1950~53년)의 영향을 받았는지 1952년 총선거에서 단 한 석도 얻지 못했습니다. 1960~70년대 일본 학생 운동기에는 공산당의 영향을 미친 쪽(요요기파)이 비폭력, 영향을 미치지 못한 쪽(비요요기파)이 폭력 성향을 띤 것도 흥미롭습니다. 1991년 공산당의 원조 소련의 붕괴로 타격을 입었으나 일본 공산당은 기업인 단체에 헌금을 받지 않는 깨끗한 이미지로 오늘날까지 존속하고 있습니다. 그런데 일본 공산당은 사유재산을 인정해 실질적으로는 공산당이 아닌 사산당(私産黨=자본주의당)이라고 할 수 있습니다.

니혼교-산또-와 교-산또-데와 나이[日本共産党(にほんきょうさんとう)は 共産党(きょうさんとう)では ない]。 일본 공산당은 공산당이 아니다.

163. 일본에 홍길동이 살았던 섬이 있다?

♣ 일본 오키나와의 이시가키섬이 홍길동을 살았다는 섬입니다.

홍길동(洪吉同)은 실제 인물로 1500년(연산군 6) 전후 서울 부근에서 활약하던 농민봉기군의 두령이었습니다. 그는 양반 복장으로 하고 여러 관청을 습격하였다가 체포되어 의금부의 신문 받은 기록이 있습니다. 허균의 〈홍길동전〉에서는 홍길동이 재상의 서자로 설움과 멸시를 받다가 활빈당의 두령이 되어 탐관오리를 무찌르고 빈민을 구제한 뒤, 멀리 떠나 율도국이라는 이상사회를 세웠다고 합니다. 그 율도국이 오키나와 남서쪽 이시가키섬(石垣島 석원도)이라고 하네요. 오키나와 향토사학자에 따르면 홍길동은 1500년 12월 석원도 부근 하테루마섬(波照間島 파조간도)에 도착했고 1501년~1503년 석원도로 이주했으며 석원도 인근 다케토미섬(竹富島 죽부도), 이리오모테섬(西表島 서표도) 등을 지배하였습니다. 1504년에는 석원도 북동쪽의 미야코섬(宮古島 궁고도)을 공격해 민중을 핍박하던 나카소네라는 두령을 쫓아내기도 했습니다. 하지만 오키나와 본섬의 공격에 패한 뒤 사라졌습니다. 세월이 흘러 1953년 석원도의 사키바루 공원(崎原公園 기원공원)에 홍길동, 즉 오야케아카하치(赤蜂 적봉), 별칭으로 홍가와라(洪家王 홍가왕) 아카하치(赤蜂)의 추모비가 세워졌습니다.

홍길동와 기조꾸다[洪吉同(ホン·ギルドン)は 義賊(ぎぞく)だ]。
홍길동은 의적이다

164. 일본 연예, 스포츠 분야에 한국계 스타가 많다?

♣ 일본 연예, 스포츠 분야에 한국계 스타가 많이 있습니다.

고대 한반도에서 일본으로 건너간 도라이진(渡来人 とらいじん 도래인)이 일본 문명을 발전케 했다는 것은 널리 알려진 사실입니다. 약 2,500년 전 조몬 시대(縄文時代 승문시대) 말 도래인이 건너와 야요이 시대(弥生時代 미생시대)를 열었고, 2~7세가 건너간 도래인은 일본 최초의 통일국가인 왜(倭) 또는 야마토(ヤマト)를 탄생시켰습니다. 9세기 헤이안 시대 편찬된 씨족 일람인 〈신성성씨록(新撰姓氏録)〉에 따르면 수도 교토와 인근에 사는 유력한 성씨의 30%가 도래인이었다고 합니다. 임진왜란 때는 비자발적 도래인(포로)가 건너갔고 일제강점기와 해방 전후에는 자의 반 타의 반으로 많이 건너갔지요. 따라서 일본 연예, 스포츠 분야는 물론 정치 분야에 한국계가 많은 것은 어찌 보면 당연한 일입니다. 태평양 전쟁 당시 외무대신(장관)이던 도고 시게노리(東郷茂徳 동향무덕)는 임진왜란 때 끌려간 도공 박평의의 후손이고, 두 번의 총리를 역임한 기시 노부스케(岸信介 한신개)와 세 번의 총리를 역임한 사토 에이사쿠(佐藤榮作 좌등영작)는 한국계로 아베 총리의 외할아버지이기도 합니다. 코미디언이자 영화감독인 기타노 다케시는 외할머니가 한국인이고, 영화 〈철도원〉의 주인공 기타노 다케시(北野武 북야무)도 한국계로 알려졌습니다. 일본 프로야구에서 투수로 400승을 달성한 가네다 마사이치(金田正一 김전정일)가 한국계이고 타자로 3085안타를 친 장훈(張勳)은 일본 속 한국 사람입니다.

165. 재일동포는 공무원이 될 수 없다?

♣ 일본에서 재일동포도 공무원이 될 수 있습니다.

재일동포를 일본에서는 자이니치캉꼬꾸진(在日韓国人 ざいにちかんこくじん 재일한국인)이라 부릅니다. 1965년 한일국교 정상화 이전부터 사는 재일동포를 올드커머(old comer), 즉 특별 영주자이고, 한일국교 정상화 이후부터 사는 재일동포를 뉴커머(new comer), 즉 일반 영주자입니다. 재일동포는 1973년부터 공무원 시험에 응시할 수 있으나 승진 시 국적 때문에 차별을 받는 것으로 알려져 있습니다. 공무원으로 뽑아 놓고 이런저런 이유를 대며 승진을 시키지 않는 것이죠. 재일동포와 같은 재일외국인은 선거권인 참정권도 없습니다. 59만여 명인 재일동포(대한민국, 조선 국적 포함), 65만여 명의 자이니치츄-꼬꾸진(在日中国人 ざいにちちゅうごくじん 재일중국인)이 참정권을 갖게 된다면 한결 일본 내 재일외국인에 대한 인식과 차별이 개선될 것입니다. 재일중국인이 재일동포와 다른 점은 요코하마, 고베, 나가사키 등에 차이나타운을 형성해 산다는 것이죠. 아무래도 한 동네에 모여 살면 일본 사람이 차별하기 어렵습니다. 재일동포는 일본에 살며 많은 차별을 겪어 그나마 끼와 실력으로 경쟁할 수 있는 연예계나 스포츠계에 많이 진출하고 있습니다만, 여전히 국적은 숨긴 채로입니다.

자이니치(在日 ざいにち) : (외국인이) 일본에 거주함.

166. 닌텐도는 화투 만들던 회사였다?

♣ 게임기로 유명한 닌텐도는 원래 화투를 만들던 회사였습니다.

닌텐도-(任天堂 にんてんどう 임천당)는 1889년 야마우치 후사지로(山内房治郎 산내방치랑)가 닌텐도 곳파이(任天堂骨牌 임천당골패) 상점을 창업하며 시작되었습니다. 닌텐도 곳파이는 화나후다(花札 はなふだ 화투)를 만들었는데 당시 화투짝에 석회가루를 넣어, 화투 칠 때 차진 맛이 나게 했다는군요. 1953년에는 세계 최초로 플라스틱 소재의 트럼프 카드를 만들었고 디즈니 캐릭터 트럼프 카드로 큰 인기를 얻었습니다. 작은 상점에서 시작해 이만하면 현실에 안주할 만한데 사장이 미국을 둘러본 뒤, 야망을 갖고 택시, 러브호텔, 유모차 등 문어발식 신사업을 벌였다가 도산 위기에 처합니다. 닌텐도는 초심으로 돌아가 레이저 광선총, 1977년 최초의 휴대용 게임기인 게임&워치, 게임콘솔 패미콘 등을 개발해 인기를 끕니다. 하지만 소니의 플레이스테이션에 밀려 좌절했다가 게임보이를 출시하며 인기를 되찾죠. 이후 휴대용 게임기 NDS, 체감형 게임기 Wii로 인기를 계속 이어가고 있습니다. 닌텐도는 변화의 화신 같습니다. 위기였을 때나 위기가 아니었을 때도 과감히 변화하기를 주저하지 않았습니다. 변화하지 못해 망해버린 노키아, 코닥, 샤프 같은 회사가 떠오르네요. 이들 회사는 닌텐도보다 훨씬 큰 회사였는데 말이죠.

곳파이(骨牌 こっぱい) : 골패, 카드, 마작패

167. 루즈 삭스는 중년 남자를 좋아해?

♣ 일부 루즈 삭스를 착용한 여학생이 일본 남자와 원조교제를 해서 물의를 일으킨 적이 있습니다.

루즈 삭스

루-즈 솟꾸스(Loose socks ルーズソックス 루즈삭스)는 발레의 레그 워머(Leg Warmer)에서 유래한 패션 아이템입니다. 레그 워머는 말 그대로 발레 연습 시 발목의 부상을 방지하기 위한 보온용으로 사용되었습니다. 루즈 삭스는 보온하고 관계없는 패션용이고요. 1990년대 초 일본 여고생 사이에서 짧은 치마가 유행했고 1990년 중반 짧은 치마에 흰색의 루즈 삭스가 더해졌습니다. 일부 불량 루즈 삭스는 일본 남자들과 엔죠고-사이(援助交際 えんじょこうさい 원조교제)를 해서 사회문제가 되기도 했습니다. 학교 땡땡이치고 화장품 사고 가라오케 가려면 돈이 필요했지요. 계속될 것 같았던 루즈 삭스는 2000년대 들어 사라졌다가 2010년대 복고풍의 부활인지 다시 나타나기 시작했다고 하네요. 예전 일본 여행에서 날씨도 더운데 루즈 삭스를 착용하고 짝다리를 짚고 있던 여학생들이 생각나는군요. 루주 삭스는 틀에 박힌 일본 사회에서 사춘기 여학생의 반항 표시가 아니었을까 싶습니다.

구쯔시따(靴下 くつした) : 양말

168. 부부라도 이불은 각자 덮고 잔다?

♣ 일본에서 부부는 이불을 각자 덮고 잡니다.

일본 한류팬이 한국 TV 드라마를 볼 때 부부가 한 이불을 덮는 것을 의아해한다고 합니다. 그 이유는 일본의 부부는 이불을 각자 덮고 자기 때문입니다. 이불을 각자 덮는 것에 더해 각방을 쓰는 부부도 많다고. 한국에서 각방을 쓴다고 하면 결혼생활 20년쯤 지난 중년 부부 정도 되어야하지요. 그런데 일본의 부부는 결혼하고 바로 각자 이불 또는 각방을 쓴다니 우리로는 이해하기 힘드네요. 일본의 부부가 각자 이불 또는 각방을 쓰는 이유는 부부가 한 이불에서 부대끼면 불편하고 잠버릇이 불편할 수 있어서라고 합니다. 부부간에도 '타닌니 메이와꾸오 가께루나[他人(たにん)に 迷惑(めいわく)を 掛(か)けるな 남에게 폐를 끼치지 않는다].'는 일본의 국룰이 적용되는군요. 이런 생각은 일본의 집단주의 의식에서 나온 것이라고 하는데 결혼한 남편도 님이 아니라 남으로 취급되는군요. 한편으로는 집단 속 개인주의 성향이 아닌가 싶기도 합니다. 남을 배려하는 것 같지만, 실제는 자신을 먼저 생각하는. 결혼했지만 너는 너고 나는 나니 부부간이라도 이불을 각자 덮자는 것이 아닐까요

메이와꾸(迷惑 めいわく) : 귀찮음, 성가심, 폐, 민폐
네마와시(根回し ねまわし) : 사전교섭

169. 우키요에는 인상파 화가에게 강렬한 영향을 끼쳤다?

♣ 일본의 우키요에는 유럽의 인상파 화가에게 강렬한 영향을 끼쳤습니다.

1867년 파리 만국 박람회에 참여한 일본이 전시품으로 가져온 공예품을 우키요에(浮世絵 うきよえ 부세회) 파지로 포장했는데 이것이 흘러나와 인상파 화가들의 손에 들어갔습니다. 인상파 화가들은 강렬한 색채로 순간의 모습을 그려낸 우키요에에 반해버렸습니다. 우키요에는 에도 시대 서민계층에서 유행했던 목판화입니다. 주로 여인과 가부키 배우, 명소의 풍경 등을 사진처럼 순간 포착해냈습니다. 우키요에 작가 중 가쓰시카 호쿠사이(葛飾北斎 갈식북재)는 후지산과 그 주변 풍경을 그린 《후카쿠 36경》 연작, 안도 히로시게(安藤広重 안등광중)는 자연이나 에도의 도시 풍경, 기타가와 우타마로(喜多川歌麿 희다천가마)는 여성의 얼굴과 상체를 대담한 구도로 포착해 그려낸 미인도, 도슈사이 샤라쿠(東洲斎写楽 동주재사악)는 가부키 배우 인물화로 유명했습니다. 당시 우키요에를 본 마네, 모네, 고흐 같은 인상파 화가들이 앞다투어 자신의 그림 속에 우키요에를 그려 넣기 시작했습니다. 1860년대 파리는 우키요에 같은 일본 문화에 푹 빠져 자포니즘(Japonisme 일본풍)이 지배했다고 해도 과언이 아닙니다. 유럽에서 일본 문화를 좋아한 것이 한두 해가 아니군요.

에(絵 え) : (폭넓은 의미) 그림 / 즈(図 ず) : 그림, 회화

170. 일본에서 전망 좋은 집은 후지산이 보이는 곳이다?

♣ 일본에서 전망 좋은 집은 후지산이 보이는 곳입니다.

후지산(富士山 ふじさん 부사산)은 시즈오카(静岡)와 야마나시(山梨) 두 현의 경계에 있는 일본에서 가장 높은 산으로 해발 3,776m입니다. 일본에서 후지산이 보이는 곳뿐만 아니라 다이헤이요-(太平洋 たいへいよう 태평양)이 보이는 곳도 전망 좋은 집이라고 할 수 있습니다. 다만, 후지산은 하나고 태평양은 넓어서 후지산이 더 희소성이 있다고 할 수 있습니다. 풍수지리에서 '산을 등지고 물을 내려다본다'라는 배산임수(背山臨水) 명당을 적용하면 뒤에는 후지산, 앞에는 태평양이 보이는 곳이 최적이겠군요. 지도를 보니 프리미엄 아웃렛이 있는 고템바(御殿場 어전장) 시가 딱 그런 곳입니다. 후지산도 보고 아웃렛에서 명품 쇼핑도 하면 좋지요. 아시노(芦 / 호 /) 호수에 비친 후지산을 보려면 하코네(箱根)로 가야 합니다. 아시노 호수를 가로지르는 범선 모양의 유람선을 타고 후지산을 감상해도 멋집니다. 도쿄에서는 도쿄시 정부청사 전망대(45층 202m), 도쿄 스카이트리(634m), 도쿄타워(250m), 롯폰기 힐스 모리 타워(52층)에서 후지산을 볼 수 있는데 날이 좋아야 하죠.

야마(山 やま) : 산
꼬(湖 こ) : 호수
우미(海 うみ) : 바다

171. 일본의 국화는 벚꽃이다?

♣ 일본의 국화는 벚꽃이 아닙니다.

일본의 국화(國花)는 공식적으로 정해진 것이 없다고 합니다. 다만, 가마쿠라(鎌倉 겸창) 시대에 고토바(後鳥羽 ごとば 후조우) 천왕이 국화를 좋아해 의복과 세간살이에 사용하고부터 왕실 문장이 되었다고 하네요. 국화 문장은 16개의 잎으로 되어있어 야에기쿠(八重菊 やえきく 팔중국)라고 합니다. 국화 문장은 도쿄 일왕 거처인 고쿄(皇居 こうきょ 황거), 왕실 신사인 메이지진구(明治神宮 명치 신궁) 등에서 볼 수 있습니다. 왕실에서는 국화 외 오동나무도 문장으로 사용했습니다. 오동나무 문장을 기리몬(桐紋 きりもん 동문)이라 합니다. 꽃차례에 붙는 꽃의 수가 3-5-3의 고산노기리(五三桐 ごさんのきり 오삼동) 모양이 일반적인데 변형도 많습니다. 기리몬은 무로마치 막부가 화폐 각인으로 사용한 이래 왕실, 무로마치 막부, 도요토미 히데요시 등이 이용했습니다. 현대에는 내각총리대신, 즉 총리의 문장으로도 이용되고 있지요. 벚꽃은 오우가(桜花 おうか 앵화)라고 하는데 자위대의 문장에 이용되고 있습니다. 벚꽃은 일본인들이 봄 벚꽃놀이, 하나미(花見 はなみ 화견)를 즐겨, 일본의 상징처럼 여겨지는 꽃이기도 합니다.

하나(花 はな) : 꽃
하나미(花見 はなみ) : 꽃구경, 꽃놀이

172. 자위대는 군대가 아니다?

♣ 일본 자위대는 1954년 일본의 치안유지를 위해 창설한 조직입니다.

1945년 8월 15일 다이헤이요-센소-(太平洋戦争 たいへいようせんそう 태평양 전쟁)을 일으킨 일본이 미국에 항복하고 1947년 평화헌법을 통해 '국가 간의 교전권 포기와 어떠한 전력도 가지지 않는다'고 밝혔습니다. 이는 일본이 육군·해군·공군 군대를 갖지 않겠다는 선언이었습니다. 그런데 1950년 한국전쟁을 빌미로 일본의 치안유지를 위해 경찰예비대를 창설했고 1952년 경찰예비대를 보안대로 재편했으며 1954년 현재의 지에이따이(自衛隊 じえいたい 자위대)로 변경하였습니다. 일본은 자위대라는 군대를 가졌지만, 군대가 아니라고 우기고 있는 것입니다. 자위대 창설에 빌미가 된 한국전쟁은 태평양 전쟁 후, 피폐해진 일본 경제를 부흥하는데에도 크게 이바지했습니다. 일본이 한국전쟁의 병참기지 역할을 하여 온갖 전쟁 물자가 일본을 통해 들어왔기 때문입니다. 자위대 창설과 전후 일본 경제 부흥이라는 것을 볼 때 일본이 한국을 온징(恩人 おんじん 은인)이라고 불러도 부족함이 없습니다. 하지만 은인은 고사하고 전쟁을 일으킨 것에 대해 반성을 하지 않고 독도 망언을 일삼고 있으니 온시라즈[恩知(おんし)らず 은혜를 모른다.]라고 할 수 있습니다.

군따이(軍隊 ぐんたい) : 군대
온(恩 おん) : 은혜

173. 일본에는 음력이 없다?

♣ 일본은 음력을 쓰지 않습니다.

일본은 1868년 메이지이신(明治維新 めいじいしん 명치유신), 즉 메이지유신)을 단행해 700여 년 지속하던 에도 막부를 무너뜨리고 천왕으로의 왕정복고를 이뤘습니다. 메이지유신은 단순히 왕정복고뿐만 아니라 학제 · 징병령 ·지조개정(地租改正) 등의 개혁을 시행하여 근대화의 시발점이 되었습니다. 이때 일본은 음력을 버리고 서양인들이 쓰는 양력을 받아드렸죠. 그런데 음력으로 쇠는 일본의 명절을 숫자(날짜)만 양력으로 바꿔, 절기(계절)에 맞지 않는 명절이 되고 맙니다. 늦겨울에 있어야 할 설날, 즉 오쇼-가쯔[お正月(しょうがつ) 음력 1월1일]가 한겨울에 있고 초여름에 있어야 할 추석 격인 오봉[お盆(ぼん) 음력 7월 보름]이 한여름에 있게 되었습니다. 일본이 서양의 양력을 받아드렸지만, 정작 서양의 세이레키(西曆 せいれき 서력)는 쓰지 않으니 뭔가 어색합니다. 서력은 예수 그리스도가 태어난 해를 기원으로 하는 책력으로 국제적으로 통용되는 년대 표기법입니다. 일본은 서력 대신 천왕의 연호(年號=和曆)를 사용하고 있습니다. 현재의 연호는 나루히토 일왕의 레이와(令和 れいわ 영화)로 2019년 5월 1일이 레이와 원년이 됩니다. 간혹 연호와 서력을 함께 적기도 하나 이는 드물고 연호만 쓰는 경우가 많습니다.

렌고-(年号 ねんごう : 연호

174. 일본 프로야구는 요미우리 팬과 요미우리 아닌 팬이 있다?

♣ 일본 프로야구는 요미우리 팬과 요리우리 아닌 팬이 있습니다.

일본 프로야구 요미우리 쟈이안쯔(読売ジャイアンツ 독매자이언츠)는 1934년 창단된 일본 최초의 프로구단입니다. 심지어 1936년 창설된 일본 프로야구리그보다 2년 먼저 시작했습니다. 애칭은 교징(巨人 きょじん 거인) 또는 교징군(巨人軍 きょじんぐん 거인군)이라 합니다. 모기업은 일본 최대 신문사인 요미우리신문(読売新聞 독매신문)이고 요미우리신문 휘하에 스포츠신문인 스포츠 호치(スポーツ報知 스포츠보지), TV 방송국인 닛폰테레비(日本テレビ) 등을 보유하고 있어 미디어 영향력이 매우 큽니다. 자금력도 강해서 팀 연봉이 제일 많을뿐더러 타 팀의 우수 선수를 거액에 스카우트해서 악명이 높았습니다. 이 때문인지 일본 시리즈 22회 우승, 요미우리가 속한 센트럴 리그 38회 우승으로 각각 최다 우승 기록을 가지고 있지요. 또 요미우리는 리그 최다인 약 890만 명의 팬을 가지고 있어 가장 인기 있는 팀입니다. 하지만 나머지 팬은 안티 요미우리 팬이라고 할 수 있죠. 요미우리를 이겨야 센트럴 리그든, 일본 시리즈든 우승할 수 있으니까요. 일본 리그가 요미우리의 센트럴 리그와 퍼시픽 리그로 나뉜 것도 요미우리가 단초를 제공했으니 요미우리가 공공의 적이 될 만합니다.

프로야규-(プロ野球 プロやきゅう) : 프로야구

175. 일본 천왕가는 한 번도 끊어지지 않고 이어졌다?

♣ 일본 천왕가는 한 번도 끊어지지 않고 현대까지 이어졌다고 주장하고 있습니다.

일본 천왕가는 시조인 아마테라스 오미카미(天照大神 あまてらす-おおみかみ 천조대신)에서 초대 천왕인 진무(神武 신무) 천왕으로 이어졌고 다시 현 천왕인 나루히토 천왕까지 126대가 끊어지지 않고 이어졌다고 주장하고 있습니다. 이를 방세이잇게이(万世一系 ばんせいいっけい 만세일계)라고 합니다. 만세일계는 '일본의 황통(皇統)은 영원히 같은 혈통이 계승한다', '온 세상이 일본 천황의 한 핏줄이다', '일본 황실의 혈통이 단 한 번도 단절된 적이 없다'는 의미입니다. 1867년 정치가 이와쿠라 토모미(岩倉具視 암창구시)가 만세일계라는 말을 처음 사용했는데 메이지유신 때 권력을 막부에서 천왕으로 되돌리는 왕정복고의 이론적 바탕이 되었죠. 일본 군국주의 시절에는 제국 헌법 제1조 1항에 만세일계 내용을 넣어 천왕 혈통의 영속성을 현실화, 합법화하였습니다. 그런데 고대 가야의 후손이 일본 중심이던 나라(奈良) 지역을 차지하며 1대 진무 천왕이 되었다는 설이 있습니다. 또 2001년 나루히토의 부친 아키히토 천왕은 "나 자신, 간무(桓武) 천왕의 어머니가 백제 무령왕의 자손이라고 〈속일본기〉에 기록되어 있어 한국과의 인연을 느낍니다"라는 폭탄 발언을 하기도 했죠. 그럼, 일본 천왕의 만세일계는 한민족의 혈통인가요.

작가의 말

〈일본어 잡학 사전, 컬러판〉은 〈일본어 잡학 사전〉에 일부 사진을 추가하고 내용을 정리한 것입니다. 일본 여행 중 보고 듣고 느낀 후 궁금했던 것을 글로 옮겼습니다. 흔히 가깝고도 먼 나라라는 일본은 어떤 나라일까요, 우리와 닮은 듯 다른 일본 사람은 어떤 사람인가요. 이 책에서 소개하는 170여 개의 토픽을 통해 궁금증을 조금이나마 해결하였으면 좋겠습니다.

아울러 170여 개의 토픽을 이야기하며 간단한 일단어와 일본어 문장을 소개하였으니 일본어 공부에 관심이 있는 분은 참고해주세요. 일본어를 공부하기 전, 170여 개의 토픽으로 일본 문화를 알고 일본어 발음, 일단어, 일본어 문장과 친해지기 바랍니다. 일단어, 일본어 문장은 모두 일본어 발음에 가까운 한글 표기를 하였으니 어렵지 않게 읽을 수 있을 거예요. 일본어 한자는 일본어 읽기 외 한국어 읽기도 표기해 놓았으니 어떻게 비슷하고 다른지도 보시고요.

〈일본어 잡학 사전〉은 일본, 일본 사람, 일본 문화, 일본어 공부에 관심 있는 분이 한 반쯤 볼만한 책입니다. 일본어 공부하기 전에 일본 문화를 알기 위해 보아도 좋고요. 책에서 여러 일단어, 일본어 문장을 소개하고 있으나 부족한 부분이 있다면 전문어학 출판사의 일본어 교재를 보아주세요. 끝으로 이 원고를 저술하며 여러 일본 관련 서적, 일본어 교재, 일본어 사전, 인터넷 사이트 등을 참고하였으므로 이에 알립니다.

재미리